LE CHOIX DU ROI

DE LA MÊME AUTEURE

Ravissement, Grasset, 2021.

LAURENCE LIEUTAUD

LE CHOIX DU ROI

roman

BERNARD GRASSET
PARIS

Illustration de la jaquette d'après © Bea Crespo / Ikon Images / akg-images.

ISBN : 978-2-246-82407-7

À Jo et Pierre, mes très chers parents.
À Marie et Hélio, mes enfants que j'aime
et aimerai envers et contre tout – ou presque.

« Élève des corbeaux, ils te crèveront les yeux. »

PREMIÈRE PARTIE

I

Cette nuit-là

Maman ! Maman ! J'ai mis quelques secondes à émerger. *Maman !* C'est la voix de Maxime, chuchotée mais insistante ; les doigts de Maxime qui serrent fortement mon bras. *Maman, réveille-toi, s'il te plaît.* C'est la voix de mon fils, changée, poussée dans les aigus, comme étranglée. J'ouvre les yeux, étonnée d'avoir mis si longtemps à réagir, moi qui d'habitude reste éveillée jusqu'à son retour. Tournant, virant, sur le dos, à gauche, à droite, froissant les draps, les yeux rivés sur le réveil. Cette nuit, je dormais ; peut-être que je commence à m'habituer à le savoir dehors. Il sort chaque soir depuis deux semaines pour fêter sa réussite au concours.

Fabien est très fier de son fils. Lui aussi était bon en sciences mais trop paresseux pour exceller. Enfin c'est ce qu'il raconte. J'ai tendance à croire qu'il devait être moins brillant que Maxime, sinon il aurait été ingénieur plutôt que géomètre. En tout cas, c'est lui qui a suivi notre fils en maths, jusqu'à la fin du collège. Il essayait de le piéger, compliquait les exercices exprès et je me réjouissais de voir

Max démêler les fils de problèmes auxquels je ne comprenais rien. Avec Lisa, Fabien s'est moins investi, même si, dès la primaire, elle a manifesté des aptitudes remarquées en calcul mental. Mais mon mari m'avait délégué les devoirs de la petite. Il rentrait tard, fatigué. Je n'ai pas insisté.

Pendant deux ans, Maxime s'est enfermé dans sa chambre : les cours toute la journée, à son bureau le reste du temps. Je l'appelais pour le dîner et il remontait étudier immédiatement après avoir mangé. Le samedi, il s'autorisait une soirée cinéma avec Margot, puis les deux dormaient chez nous après. J'étais toujours un peu mal à l'aise, le dimanche matin, quand ils se levaient ensemble. Fabien n'a jamais émis la moindre réticence à ce que nous recevions la petite amie de notre fils. Il ne comprenait d'ailleurs vraiment pas ce qui pouvait me gêner. Avec affection, il me traitait de réac, de coincée, de Madame vieille France. Il me disait aussi, *tu en fais trop, sois naturelle, ce n'est que la copine de Max.* Levée la première, douchée, de retour des commissions avant même que quiconque fût levé, je posais un bouquet de fleurs et le journal du dimanche sur la table, je sortais la belle porcelaine de notre mariage, je pressais des fruits, répartissais les viennoiseries dans des petites assiettes, attentive aux goûts de chacun. Les rires de Margot et Maxime, à l'étage, m'annonçaient leur réveil. Bruits étouffés, grincements légers de ressorts. Je mettais de la musique, je m'agitais : poussière, rangement, arrosage des plantes vertes au salon. La porte de la chambre s'ouvrait à la volée. Deux paires de baskets en mouvement apparaissaient en haut de l'escalier, puis les jambes dans des shorts de marque, les tee-shirts techniques et les visages juvéniles souriants, la bouche charnue de mon fils qui m'envoyait en passant un baiser soufflé. Par la fenêtre, je les regardais s'élancer en foulées gracieuses. Une heure de course, traversée du parc, montée de la corniche, retour par le bord de mer et par la piste cyclable. À 10 heures 30 au plus tard, on se réunissait dans la cuisine ou sur la terrasse selon le temps et la saison. Ma fille râlait, comme toujours, pour tout et n'importe quoi, notamment pour la privation de grasse matinée que je lui infligeais *sous prétexte d'un putain de petit déj en famille.* Je serrais les dents, surtout ne pas gâcher le moment, jetais un coup d'œil discret à Margot parfaitement indifférente. Elle avait elle-même une sœur plus jeune, peut-être aussi en pleine crise d'adolescence. Fabien lisait le journal. J'étais visiblement la seule à être contrariée par les mots vulgaires qui sortaient sans cesse de la bouche de Lisa comme les crapauds et autres vipères échappés de celle de Fanchon, la méchante du conte de Perrault que je lui lisais encore, il n'y a pas si longtemps.

— Maman, réveille-toi, maman, c'est urgent ! J'ai eu un accident !

L'haleine de Maxime, visqueuse, alcoolisée, tout contre mon oreille. Le souffle heurté. Il me tire par le bras, fait *chut*, un doigt sur la bouche, et me montre son père endormi de l'autre côté du lit, comme il le faisait toujours enfant, quand il venait la nuit, qu'il avait de la fièvre et qu'il voulait que je sois la seule à le veiller. Il me presse : *Vite, vite, s'il te plaît.* Je me réveille comme je peux. On descend à la cuisine sur la pointe des pieds. Je regarde ma montre : il est 4 heures du matin. La nuit est opaque, sans lune. La lumière crue du plafonnier se pose sur mon angoisse comme un voile de normalité. Mon fils s'est assis, tête dans les mains, coudes sur la table.

— Qu'est-ce qui s'est passé ? Tu vas bien ? Tu es blessé ?

— Non.

Des yeux rouges qui ont pleuré ou pleurent encore. Je m'approche doucement de lui, rassurée. Je caresse ses cheveux. Ça fait longtemps que je n'ai pas glissé mes doigts dans sa tignasse ébouriffée, longtemps que je n'ose plus. Je respire. Lisa n'est pas sortie, elle dort paisiblement, j'ai vérifié avant de me coucher. Max est de retour, sain et sauf, alors tant pis pour la casse.

— Ce n'est pas grave pour la voiture, on est bien assurés.

Il lève vers moi son visage tout chiffonné d'alcool, baigné de larmes et de morve.

— Maman, j'ai renversé une fille.

— Quoi ? Quelle fille ? Elle est à l'hôpital ?

— Non maman, elle est morte.

Je m'assois à mon tour, les jambes cotonneuses. Une poupée de chiffon. J'ai tout de suite la gorge rugueuse, signe annonciateur de la crise de panique qui arrive comme chaque fois qu'il se met à pleuvoir sur l'autoroute ou qu'une araignée au corps trapu et aux pattes courtes pénètre dans la maison. Fabien se moque de moi, en écrasant du poing la bête égarée. Pour la voiture, il est à peine plus compréhensif. Il essaie de me rassurer : *On a une bonne bagnole maintenant, des essuie-glaces efficaces, des pneus neufs. Et puis, tu t'arrêtes sur une aire, si besoin.* Parfois il me balance des petites remarques blessantes, mais au fond, je sais que c'est pour dédramatiser : *On peut dire que tu t'arranges, toi, en vieillissant. Ça promet.*

J'essaie de respirer. Je serre les dents. Je pose mes mains bien à plat sur la nappe en lin et je demande d'une voix blanche dont le calme apparent me glace :

— Qu'est-ce qui s'est passé ?

— Après le resto, avec les potes de la prépa, on s'est retrouvés à boire un verre au Bar rouge, mais… il y avait pas d'ambiance. Personne n'a voulu tenter la soirée au campus, parce que c'est loin et qu'il y a souvent des flics sur la route. Et puis… (il réprime un hoquet) on avait déjà bien picolé. J'avais pas sommeil. Je… J'y suis allé quand même. Une fois là-bas, j'ai regretté, je voyais pas une tête connue, c'est le genre de fête où il y a des centaines de personnes, plein de lumières qui clignotent partout. Ah, putain ! (il se prend la tête entre les mains) Putain, maman, aide-moi, je t'en supplie. (Je pose une main sur son bras, lui dis de continuer.) J'ai bu une vodka au bar. Puis j'ai repris la voiture. J'ai tenté un raccourci pour éviter les contrôles, tu sais vers la zone agricole, un petit chemin, entre les serres. Pas de lumière. Je sais pas comment ça s'est passé, je te jure… mais j'ai senti un grand choc, d'un coup. (Il se tait et prend une longue inspiration.) J'avais heurté quelque chose, de plein fouet… C'était une fille. Jeune… Mais putain, mais qu'est-ce qu'elle foutait là, à marcher dans le noir, sur un chemin paumé ? Maman, aide-moi.

Maxime sanglote et je n'arrive même plus à faire un geste pour le réconforter. Les doigts de ma main gauche restent plaqués au tissu de la nappe, comme si une colle forte les y maintenait figés.

— Mais… elle est peut-être vivante ?

— Non.

— Comment tu peux en être sûr ?

— Je suis sorti de la voiture, j'ai essayé de la réveiller, je te jure… J'ai… heu… j'ai pris son pouls, j'ai écouté son cœur… Mais, rien, elle ne respirait plus. Ses yeux étaient grands ouverts, maman… Fixes. Vitreux. J'ai… fui. Comment on va faire ?

Il faut réveiller Fabien tout de suite. Il saura quoi faire, lui qui écrase les araignées d'un poing intrépide. Lui qui ne doute jamais de rien.

— Non maman, ne fais pas ça !

Maxime s'est dressé, d'un coup. Il pose deux mains fermes sur mes épaules pour m'empêcher de me lever.

— Attends maman.

La tension de ses doigts qui crochètent mes épaules. Son cœur palpitant au diapason du mien. Son souffle, par saccades, qui jaillit dans mon dos. Je n'ai pas bougé un auriculaire. Nous restons raides, immobiles.

Une réminiscence. Je ne sais plus où j'ai vu ce tableau, sur un livre d'histoire de mon enfance peut-être ou dans un musée ; image protocolaire d'un jeune prince, qui prend la pose, légèrement en retrait, debout, derrière le trône de la reine mère.

Instant solennel où Maxime mesure l'ampleur de ce qu'il va me demander de faire :

— Maman, ne dis rien à personne, maman, je t'en supplie.

II

Le jour d'après

— Non mais, c'est pas possible ! Dans quel état tu as mis la voiture ? Comment tu as fait ton compte ?

Je tiens le parapluie au-dessus de Fabien, plié en deux, qui évalue les dégâts en palpant le côté droit du pare-chocs.

— Je suis désolée. Il s'est mis à pleuvoir fort quand je suis sortie du supermarché… en quittant le parking… je n'ai pas vu le poteau, et… et… je l'ai heurté.

Fabien, se redresse et me regarde, il a entendu les sanglots dans ma voix.

— OK, OK, tout va bien. Excuse-moi, ma chérie, je ne devrais pas m'énerver. On est bien assurés, ne t'en fais pas. Tu n'as rien, toi ?

Je voudrais crier que non, on n'est pas bien assurés contre la mort, on n'est pas assurés contre l'horreur : un corps qui gît sur un chemin boueux. Une jeune fille, les yeux vitreux, affalée sur une voie secondaire, une jeune fille qu'attendent ses parents, peut-être seulement inquiets ou déjà affolés. *Elle n'est pas rentrée.* Ils font sonner son portable, appellent ses amis. *Elle n'est pas rentrée.* Ils vont au commissariat. On leur assure que non, ce n'est pas – encore – une disparition inquiétante. *Vous savez les jeunes, ils découchent, ils s'endorment n'importe où. On en a vu d'autres. Attendez un peu, elle va revenir.*

Ou peut-être que, tôt ce matin, le chemin a été emprunté par un horticulteur ? *Allô, on a retrouvé votre fille.* Vous savez intuitivement ce que ça veut dire. Comme tout le monde, vous regardez des films, des séries où il est question de disparition. Et vous savez que votre fille serait rentrée d'elle-même sinon. Parce que vous la connaissez mieux que quiconque, elle ne vous laisserait pas exploser d'angoisse en gestes désordonnés, fouillant sa chambre, jusqu'à vider le tiroir à culottes, jusqu'à soulever le matelas pour y trouver quoi ? Quels secrets honteux ? *Allô, on a retrouvé votre fille.* Quelqu'un le répète doucement à votre oreille, parce que vous n'avez pas réagi. Pas encore. Vous savez pertinemment que l'on ne dit jamais de but en blanc, *on a retrouvé le corps de votre enfant.* On s'attend à ce que vous-même ayez la décence de déchiffrer l'implicite, que vous allégiez la tâche de la police. C'est douloureux, pour eux aussi, d'être ces oiseaux de mauvais augure. On le lit dans les polars : les flics font des dépressions, ils fument trop, boivent trop, sont quittés par leur femme ; parfois ils se font sauter la boîte crânienne avec leur arme de service. Alors, même si vous connaissez la réponse, vous posez quand même la question : *Est-ce qu'elle va bien ?* Silence au bout du fil.

— Karine ? Mais enfin Karine, ne reste pas comme ça sous la pluie.

Fabien me saisit par le bras. Il ne comprend pas pourquoi je ne bouge pas alors que les gouttes drues me douchent de la tête aux pieds. Machinalement, je le suis dans l'entrée de la maison où j'ai déposé les courses, de retour du supermarché, avant de l'informer de l'incident de carrosserie. Je laisse mes chaussures devant la porte, enlève mes vêtements trempés que je jette en vrac dans le panier de linge sale d'où dépasse, vide et pitoyable, un bras de chemisier comme un appel à l'aide.

J'ai vite refermé la porte de la buanderie pour ne plus le voir. J'ai grimpé l'escalier, suis entrée dans ma chambre, me suis vêtue de sec. J'évite de regarder mon visage dont je sens les traits se tirer, se creuser sous les afflux de désespoir. Je revois la chemise claire de Maxime, sa chemise souillée de sang. Je n'y avais pas fait attention jusqu'à ce qu'il s'appuie sur le dossier de la chaise, dans la cuisine, après m'avoir suppliée de ne rien dire. Quand je le lui ai fait remarquer, en pointant un doigt sur les traces rougeâtres, il a enlevé la chemise d'un coup. Il l'a passée par la tête et l'a jetée sur la table d'un geste brusque, comme si elle lui brûlait la peau. *Maman, il faut que tu la fasses disparaître, je t'en supplie.* Alors, j'ai obéi. Je l'ai réduite entre mes mains en une petite boule de tissu froissé. Il y avait des produits inflammables dans le garage, un vieux seau en fer à l'arrière de la maison, où il n'y a aucun vis-à-vis. Ce ne serait pas difficile. Je ne me serais jamais crue capable d'une telle froideur. J'ai dit à Maxime d'aller se coucher, que j'allais m'en occuper tout de suite. J'ai trouvé l'essence à barbecue, le récipient en métal rouillé mais au moment d'allumer le feu, je n'ai pas pu. C'était comme si je m'apprêtais à commettre un crime. Mes mains tremblaient et le vêtement semblait vivant. Il s'agitait entre mes doigts dans une danse grotesque et effrayante. En nage, je suis allée dans le garage, je suis montée sur l'escabeau et j'ai dissimulé la chemise au fond d'une caisse en plastique sous les nappes et serviettes en papier achetées en promotion en prévision de la fête d'août. Personne ne viendra fouiller là.

Il est presque 11 heures. La table est mise pour le petit déjeuner. Une brioche industrielle sous vide, parce que je ne me suis pas arrêtée à la boulangerie. Fabien a manifesté sa faim à 10 h 30 avant de se replier dans le salon, pour lire le journal, pieds nus sur le canapé, en attendant que les enfants descendent. Je lui ai donné l'habitude de tout préparer avant de réunir la famille. Après avoir rempli nos bols de café, je l'appelle. Il s'étonne que ni Maxime ni Lisa ne soient levés. *Laissons-les dormir,* je dis, *pour une fois,* avec la voix la plus sereine que je puisse prendre. Il hausse les épaules, reprend sa lecture du *Monde* en mordant sans rechigner dans la viennoiserie grasse, sucrée et gorgée d'ingrédients controversés. Je me contente de boire le jus noir que je trouve infect aujourd'hui. Lisa débarque finalement en se frottant les yeux, dans un tee-shirt informe. À peine a-t-elle posé le pied dans la véranda, qu'elle se met à râler en regardant le ciel. *Et voilà, foutu pour la plage ! C'est le 8 juillet et on a un temps pourri.* Son père soupire. Elle a tout l'été pour se baigner, c'est seulement le début de ses vacances. En plus, dès demain, ça se remet au beau.

— T'as pas acheté de croissants ?

— Non, j'ai eu un accrochage sur le parking du supermarché, je suis rentrée directement.

— Tu m'as pas fait mon jus d'orange ?

— Je n'ai pas eu le temps, mais tu peux le faire toute seule, non ?

Ma réponse est inattendue, le ton suffisamment brutal, pour que Fabien lève la tête de son journal. Il s'est passé quelque chose. Il ne sait pas quoi, mais il sent l'électricité autour de moi. Une tension anormale. La foudre est prête à s'abattre et à balayer d'un souffle lugubre le rituel des petits déjeuners du dimanche.

Je me souviens du jour où Lisa m'est devenue une étrangère. C'était à la fin de son année de quatrième. Elle venait d'avoir quatorze ans. J'étais allée la chercher au collège, à l'improviste, alors qu'elle était censée prendre le bus. Je ne l'ai pas reconnue tout de suite. J'ai vu une adolescente poussée en graine, jean moulé sur ses cuisses maigrelettes, cigarette à la main. Elle s'était maquillée sans mon autorisation, à grands traits noirs sous les yeux, du rouge donnant à sa bouche pleine une intensité sexuelle trouble. J'étais garée légèrement en retrait, dédoublée soudain en détective privée, pour surprendre, sans l'avoir prévu, la vie de ma fille quand elle échappait à mon regard. Elle a balancé son mégot sur le trottoir d'une pichenette maîtrisée avant de se mettre à courir pour esquiver les ruades d'un garçon de son âge. L'attaquant a fini par la rattraper et l'a ceinturée, par jeu. Et elle riant, criant, se débattant, sans vraiment chercher à se libérer de l'étreinte, prémices d'un corps à corps qui aurait lieu peut-être plus tôt que je ne le pensais.

Je me suis sentie mal. La gorge rugueuse, j'ai fini par klaxonner pour l'avertir de ma présence. Son sac à dos sur l'épaule, elle a envoyé un signe à ses congénères, groupe beuglant autour de l'abribus, puis elle a marché vers moi, avec un air à la fois détaché et provocateur, prête à en découdre, assumant le rouge sang sur sa bouche soudain pincée. Je me préparais de mon côté à l'affrontement. Le premier de la longue série des dérèglements adolescents : la mascarade du maquillage, les trous dans les arcades sourcilières pour y enfoncer un bout de métal, les vêtements neufs déchirés exprès, les vêtements sales qui se portent comme ça, les cigarettes du commerce légal ou parallèle, l'alcool que l'on boit un mercredi après-midi presque jusqu'au coma. La voix de Maxime, calme mais sans doute plus inquiète qu'il n'y paraît : *Maman, rentre vite, Lisa a trop bu.* J'avais quitté la médiathèque en panique, pour découvrir le canapé neuf constellé des restes régurgités de mon menu du midi ; ma fille geignant, vomissant à grands jets dans la bassine que lui avait amenée Maxime, et jurant ses grands dieux que plus jamais on ne l'y reprendrait.

Alors qu'il s'apprêtait à porter sa tasse à sa bouche, Fabien suspend son geste et me regarde l'air surpris. Je répète :

— Eh bien quoi Lisa, tu n'es pas assez grande pour te presser une orange ?

— Ça va, pas la peine de le dire sur ce ton.

Elle marmonne *fait chier*, assez fort pour que je l'entende, et se dirige vers le comptoir de la cuisine.

— Attends Lisa, tu peux répéter ce que tu viens de dire ?

J'ai haussé le ton. Elle ne répond pas. Le presse-agrumes qui bourdonne couvre ma voix alors que je crie maintenant :

— Lisa, Lisa, répète un peu ce que tu viens de dire !

Je sens à nouveau les larmes me monter aux yeux sous le regard insistant de mon mari : *Karine, ça ne va pas ?* Je me redresse comme un ressort, renverse ma chaise, fonce vers Lisa en hurlant, *Mais tu vas me répondre, bon Dieu, Lisa !* Je la saisis par les cheveux d'une main et la frappe au visage de l'autre. Je crie et cogne une deuxième fois avant que Fabien me saisisse par les poignets et me secoue :

— Ça suffit, arrête Karine, calme-toi !

— Mais elle est complètement malade, cette femme ! Il faut la faire enfermer en HP ! vocifère ma fille, les traits déformés par la rage.

Fabien l'entraîne hors de la cuisine en lui parlant d'une voix posée, apaisante. Cette voix qui m'a toujours rassurée, comme un écran protecteur face aux dangers de la vie. Je les entends monter l'escalier, les sanglots gutturaux de ma fille me déchirent le ventre et font redescendre la colère. Je m'accroche à la table devant le presse-agrumes ridicule, coiffé de sa calotte orange. Par habitude, je jette les restes de fruit dans la poubelle et nettoie l'ustensile sous le robinet en frottant énergiquement le plastique pour décoller la pulpe. C'est la première fois que je frappe Lisa. Aucune de ses provocations ne m'avait fait perdre le contrôle jusqu'à présent. Bientôt Fabien va redescendre et il faudra que je m'explique. Mais je ne peux pas. J'ai promis. Je ne peux pas dire : Maxime a tué une fille. Notre fils Maxime a écrasé une inconnue. Une fille de son âge est morte sous les roues de notre « bonne bagnole bien assurée ». Alors je me tairai.

Je ne sais pas combien de temps Fabien est resté dans la chambre de Lisa. Moi, je me suis rassise et n'ai plus bougé, statufiée devant ma tasse de café froid. J'ai même renoncé à chercher une excuse à mon accès de violence. C'est impardonnable, fou, insensé. Mais je vais ravaler ma honte. Si mon mari m'interroge, je prétendrai que je ne comprends pas ce qui m'est arrivé, c'est tout. Quand il entre dans la cuisine, il m'annonce que Lisa est calmée puis ajoute :

— Elle va aller passer la journée chez Adèle et elle restera sûrement dormir là-bas.

Je n'aime pas qu'elle dorme ailleurs, je ne lui fais pas confiance. Aujourd'hui, en plus, je sais que ma peur est légitime puisque le pire peut advenir. Si seulement je pouvais apporter à ma fille la preuve que les accidents n'arrivent pas que dans mon imagination ! De toute façon, Lisa ne m'écouterait pas si j'entrais dans sa chambre maintenant. Je m'en veux de ne pas avoir le pouvoir de protéger mes enfants, de protéger ma fille, à son corps défendant, contre les dangers de la nuit. Je voudrais la mettre en garde contre les garçons ivres qui fauchent des passantes, la supplier de faire attention mais je ne peux pas. Je ne peux pas lui dire que la menace est partout, que la nuit dernière, le garçon ivre, c'était son frère. Mon ventre se tord encore. Je sais que la mère d'Adèle autorise les filles à rentrer au lever du jour, bien après la fermeture des bars, à l'heure où la ville est déserte. La dernière fois que j'ai abordé le sujet avec elle au téléphone, elle a balayé mes inquiétudes en arguant que la plage est à deux pas de chez elle ; *les filles rentrent à pied, il n'y a rien à craindre.* Elle ignore que parfois les filles ne rentrent pas du tout, qu'elles cheminent sur des routes secondaires sans éclairage alors que leurs parents les croient en sécurité. Qu'elles se font faucher par un jeune homme de vingt ans qui devra vivre avec le fracas d'un corps brisé qui cogne sans cesse aux parois de sa mémoire.

Contrairement à ce que je redoutais, Fabien ne me demande pas de me justifier. Il dit qu'il me comprend. Il ment mal. Il n'a jamais perdu le contrôle, lui. Il essaie de minimiser mais je vois son front plissé par la contrariété. Il réprouve ma violence mais me cherche quand même des excuses. Mon allié inconditionnel. À moins que ce ne soit sa lâcheté…

— Je sais à quel point tu as pris sur toi ces derniers temps avec Lisa. Moi aussi, elle m'a poussé à bout plus d'une fois. C'est un miracle que j'aie pu me retenir de la… (il ne parvient même pas à dire « frapper », comme s'il redoutait les effets performatifs de ses mots). Je la vois moins que toi, aussi.

On a été mal habitués avec Max surtout. Une adolescence sans accroc. Pas d'insolence sur le bulletin scolaire, pas de convocation à la vie scolaire, pas d'exclusion temporaire pour avoir fumé dans l'enceinte du collège, pour avoir séché les cours ou insulté un prof.

Pendant que Fabien parlait, Maxime est apparu dans son dos. Je panique. Son teint est brouillé et ses yeux cernés ; son père va le remarquer, il va comprendre qu'il s'est passé quelque chose.

Mais non, Fabien ne voit rien. Il note quand même la mauvaise mine de son fils, puis plaisante sur le fait qu'il a dû abuser hier soir et encore se coucher à l'aube.

— J'ai un peu trop bu, ouais. On s'est juste fait un resto et on a fini au Bar rouge. Mais je ne suis pas rentré tard, pas vrai maman ? Tu m'as entendu rentrer, hein ?

Je mets quelques secondes à répondre :

— … Oui, je t'ai entendu. Tu n'es pas rentré trop tard, c'est vrai. À 1 heure 30.

Fabien est monté prendre sa douche. Il est midi et demi. Déjà. D'habitude, à cette heure-ci, il est douché depuis longtemps et il « peint ses croûtes », comme le dit Lisa dans son dos. Au fond du jardin, il a aménagé un cabanon qu'il appelle son atelier. La peinture, c'est sa lubie du moment. Avant, c'était la pêche : il avait acheté un Zodiac et il partait à l'aube le dimanche, quand la mer était belle. Chaque fois, j'espérais qu'il rentre bredouille, pour ne pas avoir à vider les poissons dont les entrailles tièdes m'écœuraient. Heureusement, Fabien n'a jamais été un prédateur très efficace, une girouette, si. Quand les enfants étaient petits, il avait mis tout le monde au vélo de route, on allait jusqu'à Hyères à 20 kilomètres de chez nous par la piste cyclable. Là-bas, on pique-niquait sur une longue plage venteuse. Lisa bâtissait des châteaux de conte de fées, avec des enceintes crénelées et des tourelles. Parfois, Maxime les piétinait en courant, sa sœur hurlait mais Fabien minimisait l'attentat. *C'est rien, tu vas le reconstruire.* Et il prenait même la défense de son fils : *C'est un garçon ; il est turbulent, c'est normal.* Je protestais :

— Ce n'est pas une raison ! En plus, Lisa a passé une heure à faire ce château. Max l'a détruit exprès !

— Mais non, il est taquin. C'est ça les grands frères, plaisantait mon mari.

J'étais agacée mais il suffisait que mon fils me fasse un sourire désarmant pour que je l'excuse. Après quoi, je réparais avec Lisa.

Au retour, Fabien faisait la course avec Maxime qui le talonnait. Un jour, à force de volonté, les dents serrées et le regard fixe, il a fini par dépasser son père. Lisa pestait contre la côte qu'elle avait dévalée avec tant de plaisir à l'aller. Elle s'arrêtait, jetait son vélo par terre et décrétait qu'elle ne ferait pas un tour de roue supplémentaire.

Elle s'asseyait sur le bas-côté, les bras croisés et les poings fermés. J'étais patiente. Parfois, elle résistait. Butée, elle se mordait la lèvre inférieure jusqu'au sang. Mais, la plupart du temps, à force de douceur et d'encouragements, j'arrivais à la remettre en selle. Je lui promettais une surprise pour la sortie de l'école, le lendemain. Ce serait un secret entre elle et moi, un petit animal en plastique pour sa ferme qui viendrait compléter sa collection. Fabien désapprouvait ce genre de négociation, on s'était déjà disputés à ce sujet mais ce n'était jamais lui qui subissait les caprices de sa fille. Évidemment, pour lui, c'était facile. Il partait devant avec Max qui aurait vendu son âme pour arriver en tête.

Maxime me demande un café. Je m'exécute. En passant près de moi pour s'asseoir devant la table de la terrasse, il me chuchote : *Ça va aller, maman.* Je ne sais pas si c'est une question ou une affirmation, mais ces mots anodins déclenchent en moi une nouvelle crise de panique : impression d'étouffer, respiration saccadée, mains fébriles. Je devrais lui parler de la chemise que j'ai cachée dans le garage, que je n'ai pas pu brûler, mais je ne peux pas, pas devant Fabien. Pas maintenant. Je pense soudain aux autres preuves que Maxime a pu laisser sur le chemin, ou pire, sur le corps de la jeune fille quand il s'est penché sur elle pour voir si elle respirait. Je ne peux pas me retenir cette fois, j'approche ma bouche de son oreille et je lui demande, affolée, s'il n'a pas laissé d'empreintes. *Mais non, on ne peut comparer les empreintes qu'avec celles des criminels et des délinquants fichés,* il répond. *Ne t'inquiète pas, maman. Ça va aller.*

Comment il sait ça ? Les empreintes ? Comment il peut me dire « Ça va aller » ? C'est la phrase que Fabien me répète quand je suis inquiète. Elle est censée juguler mes peurs, mais aujourd'hui elle est inopérante.

Pour les concours de mon fils, l'angoisse montait dans ma poitrine comme la chantilly dans un siphon. Chaque fois qu'il passait une épreuve, je ne dormais pas. Je le savais tout seul dans une chambre d'hôtel à Paris. J'avais peur qu'il fasse une insomnie, qu'il s'endorme à l'heure du réveil et qu'il arrive en retard. J'avais peur qu'il se trompe de métro ou qu'il soit submergé par un stress insurmontable qui lui brouillerait l'esprit et transformerait le sujet en un magma de signes indéchiffrables. *Ça va aller, Karine. Tu sais bien que ton fils garde la tête froide en toutes circonstances. Il est intelligent, il est organisé et en plus il a bossé comme une bête. Il va réussir, je t'assure. Et puis s'il rate Polytechnique, c'est pas la mort, il aura un autre concours.* Pour Lisa aussi, j'ai toujours peur. Depuis le collège, j'ai peur qu'elle ne devienne une délinquante, qu'elle « tourne mal », a dit ma belle-mère, après avoir fixé ostensiblement les différents métaux incrustés dans son nez ou ses oreilles. Elle avait, ce jour-là, touché un point sensible, elle avait vu avant moi les premiers dysfonctionnements de notre équilibre familial. Jusqu'aux quatorze ans de ma fille, la famille que j'avais bâtie satisfaisait mes attentes et me consolait de mon enfance. J'avais l'impression que ma vie était sous contrôle. Je ne comprends toujours pas ce que j'ai fait de mal pour que ça déraille.

Quand j'étais petite, mes parents se disputaient sans cesse. Leurs cris me réveillaient en sursaut, la nuit. Ma mère menaçait de partir pour de bon. Mon père lui reprochait de ne jamais être à la maison, alors qu'est-ce que ça changerait… Et puis, qu'elle foute le camp une bonne fois pour toutes ! Elle ripostait. Il croyait quoi ? Qu'il pouvait la tenir en laisse comme un animal domestique ? Elle étouffait ! Je me cachais sous mes draps, les poings appuyés contre mes oreilles. Parfois, aussi, la porte claquait. Je sursautais. J'entendais des talons de femme dans les escaliers de l'immeuble. Le matin, la mine chiffonnée, mon père me parlait à peine. J'étais dévastée par l'anxiété. Je me rongeais les cuticules jusqu'au sang. Je me demandais où ma mère était allée, sans oser poser de question. Et s'il lui était arrivé quelque chose ? Et si elle ne rentrait plus jamais ? Je me recroquevillais sur moi-même, j'avais envie de disparaître.

À l'école, je restais souvent à l'écart, dans le coin bibliothèque. Quand j'avais neuf ou dix ans, l'institutrice avait convoqué mes parents pour leur faire part de ses inquiétudes. Je n'avais pas assisté à l'entretien mais il avait donné lieu à la plus mémorable de leur dispute, la dernière. Mon père avait traité sa femme de mauvaise mère :

— T'en as rien à foutre de ta fille ! Est-ce que tu as seulement vu qu'elle se renferme et qu'elle va mal…

— Ce n'est pas ça qui la perturbe !

Elle avait enchaîné direct ; elle-même était en train de gâcher sa vie, j'allais mal parce que je la sentais malheureuse, prise au piège dans une routine sclérosante. Et puis il y a eu les cris, les insultes, des coups de poing dans le mur, le plateau en verre de la table du salon que l'on renverse et qui se brise dans un fracas d'apocalypse. Je ne me souviens plus des mots définitifs qui ont été prononcés, mais j'ai entendu plus d'une fois ma mère raconter à ses amies la scène de rupture dont j'ai été, bien malgré moi, l'élément déclencheur.

Quand Lisa était petite, j'ai craint qu'elle soit aussi asociale que je ne l'étais enfant. J'avais même peur qu'elle développe une phobie scolaire. Tout ça parce que le premier jour d'école, elle s'était accrochée à ma jambe en me suppliant de ne pas l'abandonner comme le Petit Poucet et qu'elle avait pleuré toute la journée. Le lendemain, je ne m'étais pas senti le courage de revivre l'épreuve de la séparation, c'est Fabien qui l'avait emmenée. Il m'avait chuchoté son mantra : *Ne t'en fais pas. Ça va aller.* Quand j'étais allée la chercher « à l'heure des mamans », avec une mine de circonstance, quelle n'avait pas été ma surprise de la voir jouer à chat perché avec une fillette de sa classe. Elle m'avait à peine adressé un signe de la main et s'était mise à courir à l'autre bout de la cour. La maîtresse m'avait gratifiée d'un grand sourire :

— Ça s'est très bien passé ! Avec la petite Adèle, hier, elles ont pleuré de concert toute la journée et aujourd'hui, elles n'ont pas arrêté de jouer. Déjà inséparables, on dirait !

Pendant sa première année de maternelle, l'institutrice n'avait pas tari d'éloges à son égard : Lisa était vive, dégourdie, imaginative, très sociable. Avec un ou deux bémols : pas toujours attentive, un peu trop bavarde... mais tellement joyeuse. Des qualificatifs qui reviendraient dans la bouche des enseignants jusqu'au collège. Avant qu'elle ne se mette à dilapider son capital sympathie. Depuis, elle a décrété que les profs étaient des cons, l'école le terreau de l'ennui et que pour faire germer un peu de fantaisie, il faudrait y faire n'importe quoi.

La veille de ses quatorze ans, comme les années précédentes, j'avais commencé à préparer un gâteau, j'avais acheté des bonbons et des boissons mais quand elle m'a vue les mains dans la farine, elle m'a annoncé qu'elle ne fêterait pas son anniversaire à la maison. Elle avait donné rendez-vous à ses amis en ville pour aller au fast-food avant la séance de cinéma. C'était normal selon Fabien : *À cet âge-là, on a envie d'un peu d'autonomie, sans avoir sa mère sur le dos.* Il ne voulait pas me vexer mais je m'étais sentie désavouée et inutile. À partir de ce moment-là, Lisa a commencé à s'éloigner de moi. Elle me trouvait intrusive alors que j'avais l'impression d'être à ma bonne place de mère, d'être là ; simplement là, présente et disponible. Là où ma propre mère n'a pas été. Avec son entrée au lycée, ça ne s'est pas arrangé. Ma fille s'est mise à tout rejeter en bloc : ma cuisine, mes goûts, mon mode de vie. Elle ne risquerait pas de gâcher ses week-ends en ménage ! Elle n'aurait pas d'enfants, elle ! Elle ne se marierait pas. Elle, elle serait libre. Plus personne pour lui dire quoi faire, quoi manger, quand dormir, quand ranger sa chambre et changer ses draps. Chaque fois que je sollicitais son aide pour une tâche domestique ou une course de dernière minute, elle protestait : *Je n'ai pas que ça à faire, c'est toujours à moi qu'on demande. Et pourquoi pas à Maxime, hein ? Ah oui, c'est vrai il a une bonne excuse, Monsieur est en prépa. Il n'a pas le temps pour les trucs de gonzesse et…* Je lui coupais la parole et lui collais dans la main la liste de commissions, l'aspirateur, les taies d'oreiller… La seule menace d'une privation de sortie, *Lisa, tu ferais mieux…*, la faisait taire. La plupart du temps, elle obtempérait. Elle devait se dire que c'était donnant, donnant. Elle aurait toujours quelque chose à négocier un peu plus tard ou des couleuvres à nous faire avaler. Et il y en a eu, des déglutitions difficiles… Fin du premier trimestre de seconde. Son professeur de maths nous fait entrer dans une salle de classe. Il s'assoit derrière son bureau et nous désigne les chaises du premier rang, certainement pas une de celles choisies par notre fille. Il la cite : « J'en ai rien à foutre de vos putain de vecteurs. » Il attend notre réaction. On est contrits, confus, on bafouille que c'est inadmissible. Il hoche la tête, rassuré. On n'est pas de ces parents qui prennent toujours la défense de leur progéniture mal élevée. Il nous annonce la sanction qu'il est certain maintenant de nous voir approuver. Lisa sera collée deux mercredis de suite. Après, il se détend, cherche à clore la conversation par une note optimiste. Pourtant Lisa est douée. Il suffirait qu'elle fasse un petit effort. Fabien a l'air sceptique. Il répond qu'en revanche notre fils qui est en prépa… lui les maths… Le visage du professeur qui soudain fait le rapprochement entre le frère et la sœur s'illumine. *Maxime est votre fils !* Alors que nous confirmons, son sourire s'agrandit. *Ah Maxime !*

Les jeunes font des crises d'adolescence, ils tourmentent leurs parents, on le voit dans les films, on le lit dans les livres. Ça ne nous prend pas par surprise. On a presque tous entendu parler du « Complexe du homard » de Catherine Dolto, on sait qu'au moment de la mue, au sortir de l'enfance, notre progéniture, à fleur de peau, les nerfs à vif, claquera les portes en nous traitant de vieux cons. Mais quand on a eu un fils comme Maxime, on baisse la garde, on dit fièrement : *Ah non, nous avec Max, tout se passe bien.* Une fois débarrassé de sa première carapace, il a offert au monde une surface aussi lisse que la précédente. Alors, quand Lisa a fait ses premiers piercings et ses teintures sauvages, qu'elle s'est mise à nous contredire et à nous tenir tête plus par posture que par conviction, on avait beau savoir que ça existait, on a eu un mouvement de recul affectif. Est-ce qu'elle s'est sentie rejetée ? C'était normal, elle devenait une bête curieuse et dangereuse qu'on aurait voulu tenir à distance. J'étais perplexe, je me demandais si cette créature agressive sans cesse contrariée recracherait un jour ma fillette disparue. Ma petite Lisa au sourire immense qui pouvait être capricieuse et têtue mais qui finissait toujours par se jeter dans mes bras. Ma petite Lisa que je couvrais de baisers.

C'était ça, ma principale inquiétude : savoir si je retrouverais ma fille. Depuis cette nuit, sa rébellion me semble anecdotique, d'une banalité rassurante.

Je tâtonne au fond d'un tiroir pour trouver la boîte de Lexomil que mon généraliste m'a prescrite au moment où Maxime passait ses concours. Lisa « descendait » tous les après-midi en ville au lieu de réviser son bac de français. Quand je rentrais de la médiathèque, elle n'était pas là. Je composais son numéro, son téléphone sonnait dans le vide. Je tournais en rond et ruminais jusqu'à son retour. Je guettais le bruit de sa clé dans la serrure en préparant machinalement le dîner. Puis, je l'entendais rire, portable à l'oreille. Dès qu'elle me voyait, elle prenait congé de son interlocuteur. Sur la défensive, avant même que je ne lui demande où en étaient ses révisions, elle se justifiait. *Je suis descendue en ville, j'en pouvais plus de Stendhal. J'ai bossé les trois quarts de la journée.* Elle mentait, j'en étais certaine. D'autres fois, elle prétendait avoir révisé chez un certain Jules.

— On a bossé chez un pote.

— Et qui c'est ce copain ? Comment il s'appelle ?

— À quoi ça sert que je te le dise ? Tu le connais pas de toute façon… Et puis, je t'ai déjà répété cent fois, ça se dit plus « copain ». On dit un « pote », ou un « ami » au pire. Putain (entre ses dents). Du coup, il s'appelle Jules si tu veux savoir. Sa mère est prof d'histoire au lycée. Ça te va, comme ça ? C'est bon l'interrogatoire, là ?

Je me crispais, la nuque contractée. Alors, j'avalais discrètement un quart de pilule qui limait les arêtes tranchantes de ma colère coincées au fond de ma gorge. Je me sentais artificiellement calme mais l'apaisement était de courte durée. La mère de Fabien que je ne voyais que deux semaines par an avait alimenté mes inquiétudes. Elle me racontait toujours des histoires effroyables. Le petit-fils de la cousine d'une amie qui était mort d'overdose, un autre qui était devenu SDF et s'était fait battre à mort par un comparse aviné… *Tu vois Karine, il faut être très vigilante. Tu devrais surveiller les fréquentations de ta fille. J'ai peur qu'elle ne file un mauvais coton…* Les nuits d'insomnie, j'étais hantée par les paroles anxiogènes de ma belle-mère. Et quand je m'endormais enfin, je rêvais que ma fille se plantait une aiguille dans les veines.

Pendant la période de révisions du bac de français, Lisa voulait sortir le soir, en semaine, puisqu'il n'y avait plus cours. Elle me toisait effrontément. Je disais non. Elle criait, montait s'enfermer dans sa chambre, claquait la porte, se cachait sous ses draps, dans le noir, à l'heure du dîner qu'elle refusait de venir partager avec nous. Si je cédais, elle restait dans sa chambre pour se peinturlurer, réapparaissait à l'heure du dîner, bouche rouge et œil de lémurien. Parfois, pour ne plus entendre sa rengaine sur les goûts et les couleurs, la tyrannie éducative et la répulsion que lui inspiraient les légumes ingurgités de force, on la laissait se faire un sandwich au fromage. Mais les soirs de sortie, pas le temps d'argumenter, elle expédiait le dîner et mangeait ce que je lui servais. Elle enfourchait de grosses portions de gratin de courgettes, qu'elle faisait passer avec des tranches de pain et une rasade d'eau. Évidemment, elle déclinait toute proposition de dessert, courait se laver les dents, se remettre des couches de rouge et de noir puis filait vers les plages comme une Formule 1 pour ne pas perdre une précieuse minute. On la raccompagnerait ou elle prendrait un Uber. *Juré !* Elle avait la permission de minuit quand c'était juste « une sortie comme ça où on traîne sur la plage », elle négociait, bien sûr, surtout s'il y avait fête le week-end. C'était âpre et tendu. Fabien lâchait plus vite que moi et je me demandais pourquoi je m'acharnais à vouloir fixer des règles que j'arrivais si mal à faire respecter. Je serais un piètre tyran malgré la réputation que Lisa se plaisait à me faire. Mais au moins, j'étais là. Je me répétais ça.

J'ai gobé un anxiolytique entier, quadruplant la dose que je m'autorise les jours d'angoisse ordinaire. La substance lénifiante se répand en moi et monte comme une lame de fond, invisible et implacable. *Max a eu un accident. Maxime a percuté une inconnue. Mon fils Maxime a tué une jeune fille.* Je répète ces phrases mais je n'arrive plus à en éprouver l'horreur. Ainsi diluée dans mon corps, elle reste à la périphérie de la réalité.

Je me dis que j'ai fait le bon choix, le seul possible.

Max finit son petit déjeuner et me répète, *Maman, maman, ça va aller.* Je hoche la tête. Il sort de la cuisine et s'apprête à emprunter l'escalier quand Lisa le dévale depuis sa chambre.

— Où tu vas comme ça, Crapaud ?

— Je me barre, je vais chez Adèle.

Je voudrais lui demander pardon, la prendre contre moi, mais son regard haineux m'en dissuade. Dès qu'elle me voit, dans l'encadrement de la cuisine, elle marque un temps d'arrêt puis déclare :

— Je me casse. Ça pue ici, putain.

Elle ouvre la porte d'entrée, précédée de son parapluie qu'elle a déployé devant elle comme une arme, et traverse le jardin sans se retourner.

III

Le jour d'avant

Iris s'est levée tôt. Au crépuscule du matin, il faisait encore frais dans le jardin. Elle a pris soin de ne réveiller ni sa mère ni ses sœurs. Elle aime cette petite aube suspendue, le silence dans l'impasse, qu'une tondeuse ou que les moteurs de voiture, plus bas, sur l'avenue, entameront bientôt. Elle aime marcher pieds nus dans la terre humide et respirer l'odeur du jasmin ; des heures préservées, loin de la tornade familiale, des disputes ou des rires de ses sœurs, et des ballades tristes de Barbara que sa mère écoute en boucle. Souvent, Marie-Claire couvre la musique de sa propre voix et massacre, sans vergogne, tout le répertoire de l'artiste. Le jardin n'est plus entretenu, les arbres, que l'on n'a pas taillés, déploient leurs branches et leur feuillage dans un ballet désordonné. Les oliviers au buste maigre dardent leurs rameaux vers le ciel en quête de lumière, les citronniers déplumés végètent au pied du pin parasol classé qui, par la majesté de son tronc droit et puissant, rachète le désordre végétal alentour. Il fut un temps où le jardin était magnifique, où sa mère toilettait les arbres, retournait la terre et y plantait des fleurs. Ce n'est pas un hasard si elle a appelé ses premières nées Iris et Capucine. Pour le prénom de la troisième, le père avait mis son veto : elle ne se prénommerait pas Rose. « Rose, Rose, Rose », répétait-il en ouvrant grand la bouche pour exagérer la rondeur toute provençale du O. Erwan déteste l'accent du Sud qu'il qualifie de vulgaire. Alors « Rose », pas question ! Sans compter qu'il avait dû essuyer la déception, pour la troisième fois, de ne pas voir naître un fils. Il avait choisi Gaëlle, qui non seulement était un prénom mixte, mais avait surtout le bon goût de lui rappeler sa Bretagne natale. Pendant un temps, il avait nettement affiché sa préférence pour la petite dernière. Par chance, elle était intrépide, turbulente et son allure « garçon manqué » le rendait fier. Elle faisait de la voile avec lui, des parties de tennis acharnées. Puis, l'enfant était devenue collégienne, elle avait préféré traîner en ville ou sur les plages avec ses congénères plutôt que de partager les loisirs paternels.

C'est l'averse très courte mais violente qui a réveillé Iris. En fin de nuit, un orage bruyant, de grands éclairs jaunes, des gouttes lourdes qui ont claqué sur le toit. Elle est descendue sur la pointe des pieds pour humer de plus près la terre détrempée. Quelques escargots glissent paisiblement sur les herbes encore mouillées. Elle s'est promis de s'occuper du jardin que sa mère a négligé depuis le brusque départ de son mari. Iris savait que ses parents ne s'entendaient plus, que le vernis de la normalité conjugale s'écaillait peu à peu. C'était latent, insidieux comme un courant d'air. Son père rentrait tard de l'hôpital, dînait d'un bout de pain et de jambon, debout devant le frigo, puis se retirait dans son bureau en attendant que les filles soient couchées. Alors seulement, croyant qu'elles ne s'apercevaient de rien, il s'allongeait sur le canapé du salon, se couvrait d'un plaid, dormait quelques heures avant de dissimuler au petit jour les signes de désertion du lit conjugal. Iris, plus observatrice que ses sœurs, savait la gravité de la crise silencieuse. Il n'y a pourtant eu ni cri ni bris de vaisselle jusqu'à la convocation générale au salon, le 10 octobre au soir.

— Marie-Claire et moi, nous allons divorcer.

Il désignait toujours sa femme par son prénom, il ne disait jamais « maman » ou « votre mère », ce qui pour Iris trahissait la distance affective qu'il conservait avec chacune d'entre elles.

Le soir du 10 octobre, les filles ont ainsi appris qu'il avait demandé un poste à l'hôpital militaire de Pointe-à-Pitre et qu'il partait deux semaines plus tard. Elles ont protesté, pleuré même, alors qu'au fond elles savaient depuis longtemps que la situation était trop bancale pour que l'équilibre familial soit rétabli. Erwan a promis qu'il les inviterait, qu'elles se baigneraient dans des lagons turquoise ; il les a endormies en somme, mais Iris n'y croyait pas. Leur géniteur n'est pas fait pour la paternité, il repousserait autant que possible le moment de voir débarquer trois adolescentes dans sa retraite lointaine. Les rares fois où il avait parlé des miracles qu'il accomplissait dans son travail, « en réparant » les soldats blessés ou mutilés, sa voix avait vibré et l'émotion avait éclairé ses yeux froids. Quand les filles l'entreprenaient, quel que soit le sujet abordé, l'école, la danse, l'avenir, la politique même, ses traits se figeaient sous le masque de l'ennui. Il se prêtait de mauvaise grâce à la corvée des devoirs quand Gaëlle lui mettait son cahier de mathématiques sous le nez, si bien qu'Iris se demandait souvent ce qui avait poussé un homme comme lui à se marier et à avoir des enfants. Mam, sa grand-mère paternelle, avait beau lui raconter combien il avait été amoureux de Marie-Claire, elle avait peine à le croire. Elle avait l'impression qu'Erwan avait toujours pratiqué la stratégie de l'évitement afin de passer le moins de temps possible en famille. Pour s'épargner la période de préavis qui suit généralement l'annonce d'une rupture, il les en avait averties seulement deux semaines avant son départ effectif. Sur le moment, Marie-Claire n'avait pas versé la moindre larme, elle s'était montrée aussi impénétrable qu'elle savait l'être, à croire que les trois sœurs avaient été engendrées par des bêtes à sang froid. Tard dans la nuit, Iris avait été presque rassurée d'entendre des sanglots étouffés dont elle avait toutefois vérifié la provenance en collant son oreille contre la porte de la chambre de ses parents.

L'abandon du jardin date de ce triste 10 octobre. À partir de ce jour-là, sa mère n'a plus taillé un arbre, ni arraché une touffe d'herbe échevelée. Elle a sorti d'une vieille malle un vinyle de Barbara qu'elle passe depuis en boucle sur une platine vintage achetée aux puces. Recluse dans sa chambre, elle chante faux et longtemps, à peine rentrée du cabinet. Iris ne l'avait jamais entendue chanter avant et ce n'était pas une perte ; de ce corps menu sort une voix gutturale, sans harmonie. Jusqu'alors, Marie-Claire avait dissimulé son goût pour les rengaines sentimentales, sans doute pour ne pas prêter le flanc aux sarcasmes de son mari, qui déteste la musique populaire et les chansons d'amour.

En mars, quand Iris a dû valider ses vœux définitifs sur le site Parcoursup, elle a hésité. Ne devrait-elle pas finalement rester étudier à Toulon ? Allait-elle abandonner le navire et s'embarquer pour un BTS audiovisuel à Cannes ? Elle a l'âme d'un capitaine, veillant sur ses sœurs, s'inquiétant pour sa mère qui s'abrutit de travail et de chansons tristes. À la date limite de confirmation des vœux, son doigt est resté levé au-dessus de la touche à enfoncer, comme s'il s'agissait de l'aiguille maudite d'un fuseau empoisonné. Elle était immobile devant l'ordinateur, tandis que Gaëlle et Capucine se disputaient sans conviction au sujet d'une série sur Netflix, profitant de l'absence de leur mère qui les aurait chassées dans leur chambre si elle était rentrée du cabinet à ce moment-là. Depuis le départ de son mari, dès qu'elle arrive, de toute façon, elle demande la paix pour boire son apéritif. D'ailleurs, elle se met rarement à table avec les filles, mange sur le pouce comme l'a fait tant de fois son mari avant qu'il ne sorte pour de bon de la maison et de sa vie. Puis elle s'enferme dans sa chambre pour lire ou pour retrouver Barbara et ses complaintes pendant qu'Iris fait dîner ses sœurs.

Validé ! Elle aura attendu l'extrême limite, le 20 mars, pour confirmer ses vœux. Mais elle l'a fait. Ses deux sœurs s'en sortiraient sans elle, quant à sa mère, elle avait ses vinyles, ses patients et… Sur le moment, Iris n'a plus voulu y penser.

Heureusement, avec les premiers soleils d'avril, sa mère est sortie d'hibernation, honorant quelques invitations à dîner ou recevant des amis à la maison. Le père appelle, de loin en loin, avec une voix enjouée qu'on ne lui connaissait pas ou qu'Iris a peut-être entendue quand elle était toute petite, et donc trop jeune pour s'en souvenir. Contre toute attente, ses sœurs et elle ont reçu par mail un billet pour la Guadeloupe. Gaëlle et Capucine ont agité la feuille A4 sous le nez de leur mère. Marie-Claire n'a rien dit mais a replongé pour quelques longues soirées dans « La Solitude » de Barbara, dont elle semblait pourtant s'être sevrée avec l'arrivée du printemps : « La renifleuse des amours mortes, elle m'a suivie pas à pas. La garce, que le diable l'emporte ! Elle est revenue, elle est là… La Solitude… la Solitude. »

Iris respire les effluves mêlés du jasmin blanc et de la terre mouillée. Elle ferme les yeux.

— Tu veux un café ?

Sa mère, en pyjama de soie, pieds nus elle aussi, lui sourit depuis la terrasse. La jeune fille s'approche. Depuis que sa candidature a été retenue pour le cursus audiovisuel, Marie-Claire recherche davantage sa compagnie et dîne un peu plus souvent avec ses filles au salon. Elle s'est même attardée pour discuter de l'installation d'Iris, des avantages et des inconvénients de la colocation. En vérité, Iris préférerait vivre seule dans un studio, elle serait plus tranquille quand Tom viendrait lui rendre visite à Cannes. Pour l'instant, sa mère n'a croisé le jeune homme qu'une fois, la semaine dernière, entre deux portes, alors qu'il venait chercher Iris pour l'emmener au cinéma. Au retour, il s'était garé le long du trottoir, devant la maison. Elle lui avait donné un baiser rapide. Il avait dit, *Non, pas comme ça.* Il s'était collé à elle, avait aspiré ses lèvres et lui avait enfoncé la langue dans la bouche. Il respirait fort, le souffle court. Ses mains fouineuses farfouillaient entre les poils pubiens d'Iris. Quand un doigt s'était enfoncé en elle, elle s'était cabrée. Tom avait pris ça pour une invite, il avait commencé à déboutonner son jean. Elle avait interrompu son geste. À son tour, elle avait dit, *Non, pas comme ça.* Elle ne l'avait jamais fait, elle en avait envie, elle aussi, mais pas comme ça, pas à la va-vite dans la voiture. Tom comprenait. *Le week-end prochain, peut-être que tu pourrais venir dormir chez moi ? Mes parents partent pour le week-end.* Elle avait répondu oui et il avait caressé doucement la peau fine, à l'intérieur de sa cuisse, en souriant. Iris lui avait collé un baiser léger sur les lèvres. Il n'avait pas cherché à la retenir.

— Iris, je te parle ! Tu veux un café ?

— Pardon maman. Oui, je veux bien.

— C'est ce soir que tu vas à ta soirée au campus ?

— Oui et après je dors chez Tom, répond-elle à toute vitesse, en avalant les derniers mots.

— Chez qui ?

— Chez Tom.

Elle retient son souffle. Marie-Claire accuse le coup, boit une gorgée de café, regarde sa fille et ajoute simplement, *D'accord.* Puis, *Fais attention à toi. Fais attention…*

IV

Le jour d'avant

Maxime débarque dans le salon en caleçon.

— Maman, tu as lavé mon chino bleu ?

— Oui, il est sur la pile, je viens juste de le repasser.

Il me remercie, déplie le pantalon et l'enfile.

— Tu sors encore ?

— Je vais au resto avec les potes de la prépa. C'est samedi, tu sais, maman.

— C'est samedi tous les soirs en ce moment.

À peine cette petite phrase désagréable est-elle sortie de ma bouche que déjà je la regrette. Il a bien mérité de s'amuser après les deux années qu'il vient de passer. Mais, parfois, c'est plus fort que moi.

— Tu as bien raison de profiter, mon chéri. Margot dort ici ce soir ?

— Non.

Je pose mon fer et je regarde Max qui reste planté à côté de moi.

— C'est fini avec elle.

— Fini ? Quoi fini ? Elle t'a quitté ?

Je recroqueville mes orteils en attendant la réponse. Peut-être mon fils est-il dévasté par la peine et, moi, je n'ai rien vu.

— Non, c'est moi, maman. Je pars à Paris, ça aurait été compliqué et puis… bon, enfin, c'est comme ça.

Il m'envoie un baiser soufflé, comme à son habitude, en quittant la pièce. Soulagée, je déplie mes doigts de pieds. Maxime fredonne dans l'escalier, je souris.

En début de soirée, il me rejoint dans la cuisine pour me demander les clés de la voiture. Pas une seconde, dans l'après-midi, je n'ai pensé au chagrin de cette pauvre Margot. J'y pense seulement maintenant, un peu coupable, en voyant combien mon fils est beau, chino bleu, chemise claire, avec sa peau bronzée, ses grands yeux sombres. Et sa bouche charnue. Et ce corps souple et svelte.

Je lui tends les clés en souriant.

— Fais attention à toi, fais attention…

V

Le jour d'avant

Lisa a profité d'une éclaircie pour plonger du ponton. Elle se sent nauséeuse après l'ingestion des bières tièdes qu'Adèle et Léon ont ramenées de la supérette. Elle a nagé loin de la digue, vers le large, en brasse coulée, jusqu'à ce que les autres ne soient plus à ses yeux qu'un amas de corps indistincts. Jules est assis un peu à l'écart, elle le repère au rouge du tee-shirt qu'il vient d'enfiler. Elle se laisse flotter sur le dos quelques instants, frissonne, avant de regagner le rivage, d'un crawl rapide. Pendant son bain, un nuage gris a drapé le soleil. Quand elle sort de l'eau, elle tremble carrément. Jules l'enveloppe dans la serviette et lui tend une cigarette qu'elle refuse. L'alcool de la veille et les deux cannettes censées dissiper la gueule de bois – soigner le mal par le mal, tu parles ! – lui pèsent sur l'estomac. Cette nuit, elle est rentrée à 3 heures en zigzaguant, elle a monté l'escalier sur la pointe des pieds mais la lampe de chevet de sa mère s'est allumée au moment où elle passait devant sa chambre. Ça n'a pas loupé, à peine levée, ce matin, elle a eu droit à la remarque habituelle :

— Tu es rentrée tard hier soir.

— Pas tant que ça.

— Trois heures passées, tu appelles ça « pas tard » ?

Lisa sait bien que la solution est simple. Ne pas répondre. Mais elle n'arrive jamais à se taire :

— Ah, c'est bon, on va pas en faire toute une histoire. Putain, c'est les vacances.

— Lisa, parle correctement d'abord. Et puis, tu m'avais dit que tu rentrerais à une heure « au plus tard ». Vraiment, on ne peut pas te faire confiance. Tu crois que j'arrive à dormir quand je te sais dehors en plein milieu de la nuit ? Je te préviens, ce soir, tu restes à la maison. Non, mais regarde-moi ta mine de papier mâché.

— Tu veux un café ?

Elle secoue la tête en grimaçant. Jules lui sourit. C'est un mec cool. Lisa ne sait pas trop si elle est amoureuse, mais elle l'aime bien. Leur première fois, ça s'est fait dans la chambre du jeune homme, début juin, pendant les révisions du bac. Il lui avait proposé de venir chez lui avec Adèle pour réviser l'oral. Elles débarquaient vers 14 heures plusieurs après-midi par semaine. C'était le jour de Baudelaire. Jules avait lu les quatre « Spleen » d'une voix presque chuchotée, intense. Les filles étaient captives. Quand la prof de français lisait avec sa voix haut perchée qui couvrait difficilement le brouhaha de la classe, Lisa n'écoutait pas. Mais là, elle l'avait ressentie tout de suite cette « angoisse atroce, despotique » qui vous plante « son drapeau noir » dans le crâne. Elle l'avait éprouvé ce désespoir qui vous dévaste comme si le couvercle du ciel en chute libre vous fracassait la boîte crânienne. Adèle avait commenté à sa manière : *Putain, c'est fort !* Puis avait jugulé son émotion. Elle était pressée, un rencart avec Léon au ciné. Entendant le prénom du jeune homme, Lisa avait eu un petit pincement dans la poitrine. Son premier chagrin d'amour. Deux ou trois ans plus tôt, elle avait échangé avec Léon quelques baisers derrière le collège. Ils prenaient tous les deux le bus numéro 3 pour rentrer chez eux après les cours et devaient l'attendre quarante-cinq minutes quand ils rataient celui de 17 h 05. Un jour de mistral, il lui avait fait signe pour qu'elle le rejoigne, à l'abri des rafales, derrière le bâtiment de sciences. Et là, il l'avait embrassée. Sa langue puissante et rapide avait forcé le barrage des dents qu'elle n'avait pas ouvert immédiatement, trop surprise pour réagir. Ça s'était reproduit quelques fois, ces baisers qu'elle partageait avec ardeur, quand ils avaient manqué le bus et que les potes avaient pris le leur ou avaient disparu à l'angle de la rue sur leurs deux-roues pétaradants. Assez vite, elle s'était mise à traîner à la fin des cours pour être sûre de rater le 3. En pure perte la plupart du temps. Léon ne semblait jamais provoquer la situation ; si d'aventure le bus lui filait sous le nez, il trompait l'ennui avec Lisa. L'ennui et une autre collégienne avec laquelle, officiellement, « il sortait ». Et puis, il avait eu à son tour une petite moto. Finis alors, ces baisers fortuits et le cœur qui bat fort. De toute façon, il était parti dans un lycée professionnel après la troisième. *Il en a rien à foutre de toi ;*

tu mérites mieux, vraiment, lui répétait Adèle qu'elle avait mise dans la confidence. *Et puis, fais comme moi. Les gars, ça va, ça vient, faut pas s'attacher.* En seconde, Adèle « couchait » déjà. Sa mère lui achetait des préservatifs, elles parlaient de « ça » sans gêne. *La mienne est tellement coincée,* déplorait Lisa. Elle s'imaginait en riant lui demander des capotes. Karine qui rougissait pour un rien, qui s'agitait comme une collégienne dès qu'il y avait une scène de sexe, même la plus édulcorée, dans le film du soir ! Enfin, Lisa avait fini par le faire avec un touriste parisien, rencontré dans un bar de la plage, l'été précédent, alors qu'elle venait d'avoir seize ans. Ils avaient dansé, s'étaient embrassés et elle l'avait suivi au camping sans trop réfléchir. Dans la tente du garçon, la chaleur était moite, suffocante. Ils avaient commencé à s'embrasser dans le noir mais Lisa lui avait demandé de mettre de la lumière, elle voulait voir son visage. Le touriste avait suspendu, à l'armature de la tente, une petite lampe torche qui diffusait une lumière jaunâtre. Après, elle ne se souvient plus très bien de la scène. Quelques images. Le sexe dressé sous sa protection transparente, la peau des fesses très blanche et celle du dos très rouge, brûlée au second degré. « Un vanille-fraise » comme elles appelaient les estivants insouciants. Quelques sensations. Des caresses agréables et soudain des coups de bélier, une fois, deux fois, jusqu'à ce que ça cède. Le lendemain, Adèle avait voulu des détails.

— Alors c'était comment ?

— Comme si un pied entrait de force dans une chaussure trop petite !

— T'inquiète pas, avait rétorqué son amie. Avec le temps, la chaussure s'élargit.

Elles avaient ri.

Pendant l'hiver, Adèle était devenue secrète… Elle avait « des trucs à faire » le mercredi après-midi. Certains soirs, quand Lisa avait réussi à convaincre Karine et qu'elle avait obtenu une autorisation de sortie malgré ses résultats scolaires en dents de scie, Adèle prétendait être fatiguée : *Je suis crevée, je vais rester chez moi ce soir.* Elle mentait mal. Finalement, elle avait lâché le morceau. Elle était tombée par hasard sur Léon en ville, ils avaient bu un café et puis… *ben, t'imagines la suite.* Lisa imaginait, en effet. Adèle avait dit :

— T'es pas jalouse quand même ? Les trois bisous que vous avez échangés derrière le collège, ça fait un bail maintenant. Il y a prescription.

— Alors pourquoi tu en as pas parlé avant ? avait rétorqué Lisa.

Adèle avait bafouillé, dans une tentative de justification pathétique. Qu'elle se sente un peu gênée ! Au moins ça. Et puis, il avait fallu faire avec, mais chaque fois que Lisa les voyait ou les savait ensemble, la jalousie lui tordait le ventre.

Le jour de Baudelaire, le mois dernier, quand Adèle leur a faussé compagnie, Lisa est restée seule avec Jules pour la première fois, vautrée sur le lit, pendant que le jeune homme disséquait avec enthousiasme la chute du sonnet « À une passante » :

— « *Ô toi que j'eusse aimée, Ô toi qui le savais !* » Tu vois, le subjonctif plus-que-parfait au dernier vers, « j'eusse aimée », il a valeur d'irréel du passé. Il aurait pu aimer cette femme inconnue avec laquelle il a échangé un regard intense mais elle a continué son chemin. Il aurait pu l'aimer, cette belle passante, si elle s'était arrê…

Son dernier mot est venu mourir sur les lèvres de Lisa quand elle les a collées aux siennes. Interdit, Jules a regardé la robe passer par-dessus la tête de la jeune fille et la culotte noire descendre sur ses chevilles. Pendant qu'il baissait son jean et enlevait son tee-shirt, elle a sorti de son sac un préservatif qu'Adèle lui avait donné, au cas où, plusieurs mois plus tôt. Lisa a convoqué ses souvenirs de la banane dont la peau, trop malaxée, avait fini par noircir à la fin de la classe d'éducation sexuelle : *Enlevez vos bagues pour éviter d'endommager le latex, posez le préservatif au bout de la banane, pincez le réservoir pour retirer l'air et déroulez-le délicatement. Attention, quand vous le ferez en situation réelle, le sexe de votre partenaire devra être en érection.* Lisa entendait encore la voix monocorde de l'intervenante du planning familial qui peinait à couvrir les ricanements des adolescents.

Jules attendait patiemment, couché sur le dos, sans savoir que Lisa rejouait dans sa tête la scène de la banane. Elle a hoché la tête quand l'opération prophylactique a été réalisée avec succès, s'est assise sur lui et a ondulé lentement. Une houle douce puis des vagues incontrôlées, des respirations haletantes, des doigts fous qui s'accrochent à ses seins, des mains qui saisissent ses hanches et un cri : Lisa !

— Lisa ?
— Oui ?
— Tu ne m'as pas dit, tu viens alors ce soir ?
— Où ça ?
— Ben, à la soirée au campus. Le frère de Léon peut nous emmener avec sa voiture et Victor peut prendre celle de son père. C'est bon pour toi ?
— Non, je vais pas sortir ce soir. Je suis crevée.

Lisa ne précise pas qu'elle manque d'énergie pour négocier avec sa mère qui lui a déjà fait la misère parce qu'elle est rentrée à 3 heures cette nuit. Elle pourrait la faire fléchir, c'est sûr, faire une crise, hurler. En plus, on est samedi. Mais rien que d'imaginer l'effort que ce sera et la réponse de Karine, elle préfère renoncer : *Tu exagères Lisa, en ce moment, c'est samedi tous les jours…*

VI

Le soir d'après

On ne se croirait pas en juillet. Il n'est même pas 20 heures mais déjà la nuit est tombée. Je regarde par la fenêtre les gouttes serrées qui mitraillent la terrasse. Un lendemain d'apocalypse. Un monde vide et glacé. Je repense au roman que je viens de lire : deux adolescentes orphelines se retrouvent isolées dans leur maison au cœur de la forêt. Alors que l'électricité a été coupée, que des incendies gigantesques les menacent, que des épidémies ont décimé la population et que les survivants sont devenus des bêtes brutes, elles tentent de tenir bon, jour après jour, armées de leur seule jeunesse, d'une encyclopédie et d'une vitalité furieuse. Toute la journée, je suis hantée par ces deux jeunes filles. Dans la forêt, protectrice ou hostile. Je les vois essayer de colmater les fuites de leur maison, lutter contre le froid, contre la faim. Elles, au moins, ont « la réalité rugueuse à étreindre ». La survie est une occupation à temps plein. Moi, j'ai ma routine du dimanche qui se décline en lessives, en séances d'aspirateur et de serpillière. Mais pas un seul instant, elle ne m'a détournée de l'accident. Mes fondations vacillent, je le sens. Bientôt, je ne vais plus pouvoir tenir sur mes jambes ; le Lexomil supplémentaire que j'ai avalé il y a une heure m'a rendue encore plus défaillante. Dans la mollesse du corps et les divagations médicamenteuses persiste une pensée obsédante. Maxime a tué une jeune fille.

Le père et le fils sont au salon, avachis dans le canapé, leurs pieds grecs identiques sur la table basse, dans une position d'abandon ordinaire. Ils sont devant la télé, ils ont regardé une étape du Tour de France, ça leur a donné faim. Fabien vient de m'appeler pour savoir si j'avais besoin d'aide pour le dîner. Je dis presque toujours non, sauf quand on fait un barbecue ou une pizza dans le four à bois qu'il a fabriqué et dont il est si fier. En général, je dis non, mais il demande toujours. Pour le ménage aussi. Je ne le laisse pas faire. Parfois, il me prend l'aspirateur des mains pour le passer à ma place. Qu'on n'aille pas le traiter de macho ! Mais je déteste ça. Il ne va pas dans les coins, ne remplace jamais la partie rectangulaire par le petit embout qui traque la poussière dans les angles. Il fait ça à la va-vite, je ronge mon frein, et quand il a fini, je prends discrètement la balayette pour ratisser la poussière rebelle. Si d'aventure il me surprend, rampant presque sous les meubles, il soupire, *Mais arrête Karine, c'est pas possible d'être aussi maniaque ! On s'en fout s'il reste un ou deux moutons sous la commode !* Et Maxime de renchérir : *Avec maman, aucun risque qu'il y ait un jour un troupeau ! Une vraie exterminatrice d'ovins domestiques.* Parfois, ils se liguent tous les deux pour se moquer gentiment de moi. Ça me fait sourire. Ils ont, dans ces moments-là, une complicité que je leur envie. Longtemps, j'ai été une mère exclusive. Quand les enfants étaient petits, j'étais à l'affût de leurs besoins : la faim, la soif, la fièvre, les réveils nocturnes, les genoux écorchés, les devoirs, les histoires… Fabien me cédait la place pour tout. C'était toujours moi les croix pour la taille et le poids sur le carnet de santé, les albums photo avec les dates et les légendes du premier jour au premier pas, les dents perdues dans une boîte, c'était moi seule, fière de consigner les moindres événements de leur petite vie et d'en conserver jalousement les reliques. Fabien est peu enclin au ressassement des souvenirs, il traite ma nostalgie avec une désinvolture amusée. *Tu n'as pas gardé leur première couche ? Et pourquoi pas un morceau du cordon ombilical ?* Il ne me disputait pas leur quotidien, mais il a trouvé des portes d'entrée dans l'existence des enfants quand ils ont grandi : il leur a appris à faire du vélo, à plonger des rochers, les a emmenés voir tous les épisodes d'*Harry Potter* et de *La Guerre des étoiles*. Puis, il jouait avec eux. Ils faisaient des parties de cache-cache bruyantes dans la maison, des séances de chatouilles ou de bagarres homériques sur le canapé, à côté de moi, alors que j'essayais de lire. Ma propre mère est effarée du fonctionnement de notre famille ; de la répartition traditionnelle et inégalitaire des tâches contre laquelle, en post-soixante-huitarde militante, elle a lutté. Entre nous, c'est un sujet de discorde récurrent. Un jour, quand Lisa avait une dizaine d'années, elle l'avait raccompagnée à la maison après une séance de cinéma. Elles venaient de finir de goûter dans la cuisine et commentaient le film. J'étais entrée dans la pièce et j'avais commencé à ramasser les miettes éparpillées sur la table avec une éponge et, avec une balayette, celles dispersées sur le carrelage. Lisa, à qui j'avais demandé de soulever ses pieds, avait préféré filer dans sa chambre car elle savait que je n'aimais pas qu'on reste dans mes pattes pendant que je faisais le ménage. Ma mère m'avait dit, *Assieds-toi un peu ; tu n'as pas arrêté depuis qu'on est arrivées, les vitres, le linge et maintenant les miettes.* Comme je lui avais répondu sèchement, elle avait renchéri.

— Tu crois que c'est un bon exemple pour ta fille, le modèle de la fée du logis ? Elle ne te voit jamais prendre de plaisir, tu es toujours dans la contrainte. La dernière fois que je suis venue, tu lui as répété dix fois d'aller ranger sa chambre alors qu'elle voulait me raconter sa classe verte.

Je m'étais mise en colère, l'accusant une fois encore d'avoir gâché mon enfance. *Moi, au moins, je suis là pour Lisa et Maxime. Oui, ma priorité, c'est de leur assurer un cadre de vie stable dans lequel ils pourront s'épanouir ! Moi, au moins, je veille sur eux.* Ma mère a toujours arboré fièrement son statut de divorcée. Grand bien lui fasse ! Je sais qu'elle traite de bobonnes les ménagères auxquelles aujourd'hui je ressemble. Elle n'a plus jamais voulu vivre avec un homme après s'être débarrassée de mon père, qui s'est empressé, quant à lui, de recréer une famille dans les clous et m'a remisée dans le grenier de son passé. Il m'a parfois invitée, je n'ai jamais trouvé ma place dans son nouveau foyer : je dormais au salon, ma belle-mère était toujours débordée par ses jumeaux, mes demi-frères capricieux. Mon père, lui, s'enfermait dans son bureau, pressé de fuir ses deux jeunes enfants et l'adolescente inconnue que j'étais devenue. Il me tardait de retrouver l'intimité de ma chambre. Pourtant, quand je rentrais chez ma mère, je me sentais vide et seule. Elle se rendait souvent en Italie pour son travail. Quand elle était de retour, elle sortait beaucoup et se dédouanait de son absence en m'invitant au restaurant : *Allez, on se passe une petite soirée sympa, rien que nous deux, ma chérie.* Elle voulait tout savoir. Le lycée, les copines, les amoureux… Elle cherchait à rattraper le temps perdu par une salve de questions auxquelles j'avais de moins en moins envie de répondre. Le reste du temps, c'était comme si je n'existais pas. Pour se faire de l'argent, elle louait la chambre d'amis à des étudiantes. Pendant toute une année scolaire, j'ai même dû laisser la mienne à une jeune Milanaise, assistante d'italien dans un lycée du quartier. Furieuse d'être obligée de dormir sur un matelas par terre dans la chambre de ma mère, je ne lui ai pas adressé la parole pendant des semaines.

À l'adolescence, mes enfants aussi sont devenus distants. Max regarde de temps en temps un match de foot ou une étape du Tour de France avec son père et il arrive encore qu'ils fassent une sortie vélo, mais au retour, Fabien est taciturne. Son fils ne l'épargne pas. Ils se sont mis au VTT, il y a quelques années, mais Maxime est tellement puissant et intrépide, qu'il sème son père aussi bien dans la montée que dans la descente. Au bout d'un moment, Max en a assez d'attendre, il lui dit, *Je pars devant, pa', on se retrouve à la maison*. Je sais que Fabien en souffre. Et puis, il y a eu la chute, l'hiver dernier. Une demi-heure après le retour de mon fils, Fabien n'était toujours pas rentré. J'ai exprimé mon inquiétude :

— Max, ton père devrait être de retour maintenant.

— Arrête un peu de t'en faire pour tout. C'est une limace papa, mais il devrait pas tarder.

Un peu plus tard, il a bien dû reconnaître que ce n'était pas normal. Il a repris son vélo pour aller à la rencontre de Fabien. Mon mari avait chuté sur un chemin pierreux, s'était ouvert le front, quelques points de suture au-dessus du sourcil, et cassé la jambe, fracture nette du tibia assez vite réparée. Ce jour-là, j'ai demandé à Maxime de faire un peu plus attention à son père. Il n'avait pas l'air de se rendre compte que Fabien vieillissait et qu'il fallait peut-être opter pour des parcours moins périlleux. Mon fils a eu l'air agacé. *Ben alors, la prochaine fois, j'irai sans lui*. Sur le coup, sa réponse égoïste m'a attristée. Puis je me suis dit que c'était normal qu'il ait envie de se défouler, il avait assez de contrainte avec la prépa, si on lui demandait en plus de s'occuper de son père… Depuis sa guérison, Fabien a souvent proposé à Max de reprendre avec lui les sorties VTT mais notre fils a presque toujours refusé, prétextant le concours. En réalité, il y est retourné à plusieurs reprises sans son père. Un dimanche, il s'est fait prendre en flagrant délit dans le salon avec son casque et ses protections, *Désolé pa', je peux pas t'emmener, j'y vais avec des potes qui ont du niveau.* Piteux, Fabien a caressé sa cicatrice mauve au-dessus du sourcil. Il m'a fait de la peine. Je me suis approchée de lui et je l'ai embrassé, un geste spontané dont je suis si peu coutumière en public. Mes parents se sont tellement donnés en spectacle que je me suis promis d'imposer le moins possible à mes enfants les manifestations de l'intimité de mon couple. Quand ils étaient en lune de miel, je me sentais encore plus exclue. Ils s'appelaient de surnoms ridicules, gloussaient et disparaissaient dans leur chambre pour y faire des choses secrètes dont la nature m'échappait mais dont je ne voulais rien savoir.

Fabien insiste :

— Tu es sûre que tu ne veux pas d'aide pour le dîner ? Tu as l'air vraiment crevée.

Je lui dis que non. La journée est passée comme une fusée et je n'ai même pas préparé le repas. Maxime propose que nous commandions une pizza, *Comme ça maman n'aura rien à faire.* Fabien approuve immédiatement. Mon fils appelle avec son portable. Je suis surprise d'entendre sa voix posée prononcer des paroles banales. Si Fabien n'était pas là ce soir, nous ne serions pas obligés de faire semblant. Je voudrais tellement m'immiscer dans la tête de Maxime pour savoir si l'accident y occupe toute la place, comme pour moi. Si nous étions tous les deux, je ne serais plus obligée de jouer la comédie du quotidien.

Dans l'immédiat, il s'agit de savoir si on prend la Reine avec mozzarella ou fromage râpé. Fabien fait signe à Max d'opter pour les deux. Il profite que ce soit dimanche pour faire fi de son régime anti-cholestérol. Le week-end, c'est « cheated days » : viennoiseries, junk food et alcool à volonté. Maxime, de plus en plus avachi sur le canapé, zappe en attendant la livraison et je me demande à quoi il pense. Fabien se lève pour aller chercher des bières. Je lui en demande une. Il me regarde, de nouveau étonné, puis me ramène une Leffe. Sur l'écran, une journaliste de France 3 se tient sur un chemin agricole :

— C'est là que le drame a eu lieu. Vous pouvez voir que la route fait un coude à cet endroit. La jeune fille marchait sur le chemin, sans doute à la seule lumière de son téléphone portable. La nuit, cette petite route est plongée dans une totale obscurité. Le chauffard n'a pas eu le temps de freiner ou ne l'a pas vue du tout. D'après les premiers éléments de l'enquête, le véhicule roulait beaucoup trop vite. Le choc a été si violent que la victime a été projetée sur plusieurs mètres avant d'atterrir dans le fossé. Quand un coureur matinal l'a découverte à 7 heures ce matin, il a prévenu immédiatement les secours. La jeune fille respirait encore. Elle est décédée une heure après son arrivée à l'hôpital. Le médecin qui l'a prise en charge a expliqué que la transfusion qu'il lui a administrée aurait pu la sauver si on l'avait trouvée plus tôt. Mais elle avait perdu trop de sang. Comme vous le voyez derrière moi, la police est encore sur place pour effectuer des relevés. Malheureusement, cette route secondaire a été très empruntée cette nuit par des jeunes qui revenaient d'une soirée organisée sur le campus universitaire. Selon le brigadier Stéphane Grissaud, on sait bien que certains fêtards prennent ces artères secondaires pour échapper aux contrôles d'alcoolémie. L'enquête devra établir les circonstances du drame : que faisait la jeune fille toute seule sur cette petite route en pleine nuit ?

— Merci Marina pour vos précisions concernant ce nouveau drame de la route qui a endeuillé le Var. Je donne tout de suite la parole à Zoé Crétis, présidente régionale du collectif « Halte aux violences de la route ! » qui se bat pour la requalification des faits de délinquance routière en homicide volontaire quand les auteurs ont consommé de l'alcool, de la drogue ou quand sont constatés de grands excès de vitesse.

Ma bouteille m'échappe des mains et se fracasse sur le carrelage. Sur le moment, je ne sens presque rien, juste une substance tiède sous mon pied, mais quand je baisse la tête pour constater les dégâts, je vois les morceaux de verre éparpillés dans une flaque de liquide rougi. En reculant, j'ai posé le pied sur un tesson tranchant qui m'a entaillé la plante. La vue du sang qui rosit et mousse au contact de la bière me provoque une violente nausée. Je me plie en deux. Fabien m'assoit sur le canapé avant d'aller chercher la trousse de premiers secours que j'ai constituée pour les blessures ordinaires, coupures, brûlures et piqûres d'insectes. Maxime s'empresse de nettoyer et éteint la télévision. Au début, les compresses successives rougissent entièrement au point que mon mari évoque l'idée de points de suture, mais assez vite le flot se tarit et il peut appliquer une bande anti-saignement sur la plaie. Il me dit de ne pas bouger, me tend sa propre bouteille de bière que je vide à moitié en deux longues lampées. Le regard inquiet de Fabien attise mon malaise. Ses yeux inquisiteurs explorent les miens puis se posent sur mes cuticules que j'ai, sans m'en rendre compte, recommencé à ronger ; j'entends sa question sans qu'il la prononce : *Karine, que se passe-t-il ?* Il me toise : la voiture ce matin, ce déchaînement de colère contre Lisa, la peau de mes doigts arrachée et maintenant cette bouteille... Puis Max interrompt notre dialogue silencieux et demande : *Tu veux des cacahuètes, papa ?* Il sait très bien détourner l'attention de son père qui tend déjà sa main vers la denrée interdite. Mon fils se met alors à parler avec enthousiasme de l'étape du Tour de France qu'ils viennent de regarder, de l'abandon de l'un, de la chute d'un autre et des performances du favori.

— Si tu veux, dimanche prochain, on se fait une séance de VTT tous les deux ?

À son air toujours contrarié, je vois que Fabien se fait du souci pour moi. Mais les diversions efficaces de mon fils finissent par avoir raison de ses inquiétudes. *Alors papa, c'est OK pour le vélo ?* Bientôt mon mari range la trousse de secours, m'embrasse sur le front et décapsule une autre Leffe. Après avoir rallumé la télé, il s'adonne au plaisir immédiat des arachides grasses mêlées à une gorgée de bière. Il ne voit pas le tremblement de mes doigts qui tiennent la bouteille et la portent à ma bouche pour y vider, d'un coup, le contenu. À la télé, le journal régional se clôt sur la météo. Un ciel bleu demain, 28 ° dans l'air et 22 dans l'eau. Quand Fabien se lève pour aller ouvrir au livreur de pizza, Maxime se rapproche de moi sur le canapé, me prend la main et la serre très fort.

— Maman, j'étais sûr qu'elle était morte. Elle avait déjà les yeux vitreux, les yeux de la mort, je te jure, j'ai pas senti son pouls. Si j'avais su qu'il y avait une chance… la moindre chance de la sauver, j'aurais appelé les secours. Maman, réponds-moi.

— Je te crois, Maxime.

Je m'entends répondre d'une voix vide et engourdie.

VII

Le soir d'après

Dans la chambre, c'est l'obscurité. Lisa somnole, la tête sur la poitrine de Jules. Ce matin, après avoir claqué la porte de la maison, elle est allée chez Adèle qui l'a écoutée déverser sa haine contre sa mère :

— Putain, si tu l'avais vue ! Complètement malade. Une putain de dingue, je te jure. D'habitude, elle est chiante, mais là, elle a grave pété les câbles. Pour une histoire de jus d'orange ! Toi, au moins, la tienne elle est cool.

— On peut voir ça comme ça, ouais. Parfois, je crois plutôt qu'elle en a rien à faire. Tant que je lui demande pas grand-chose, ça va. Ta daronne, au moins, elle s'intéresse à toi, même si j'avoue que, là, elle a abusé.

Adèle a continué un moment à comparer les mérites et les manquements de leurs mères respectives. Lisa lui a coupé la parole :

— Si tu avais vu Maxime avec son petit sourire en coin quand je l'ai croisé en quittant la maison. Ça le fait trop kiffer quand je me prends la tête avec ma mère.

Putain ! Lui, on lui passe toujours tout. S'il a besoin de la voiture, ma mère prend le bus. S'il a besoin de fric, il en pique aux darons. L'autre fois, je me suis fait pourrir parce qu'il manquait 100 balles dans le portefeuille de mon père qui m'a accusée de les avoir pris. J'étais folle ! Je lui ai dit, *Tu sais bien que c'est ton fils qui se permet toujours de vous prendre du fric, dès qu'il a besoin d'un truc.* Et lui là, le petit roi, il a dit « Désolé, pa', mes baskets étaient mortes et j'ai dû aller en acheter rapide pour aller courir. J'allais t'en parler ». Vivement qu'il se casse à Paris ! Et puis, qu'est-ce qu'ils croient les parents, qu'il continuera à venir les voir quand il sera ingénieur et qu'il aura de la caillasse ? Si tu voyais comme il se la raconte depuis qu'il a eu l'X, comme il dit ; comme si tout le monde savait ce que c'est, « l'X » ! Tu crois qu'il viendra les voir dans leur petit lotissement ? Et Margot ? Elle est trop conne, celle-là. Elle est en chien, et lui, il s'en fout.

— Arrête un peu de te prendre la tête avec lui, a dit Adèle en passant une main devant les yeux de Lisa comme si elle voulait effacer une image déplaisante. Tu veux pas que je roule un joint plutôt ?

Elles se sont pelotonnées sur son lit, face à la fenêtre. Au loin, grises et folles, les vagues engloutissaient la plage, cognaient contre le parapet de la promenade et s'éparpillaient en gerbes mousseuses. Les éclairs se plantaient dans le dos bosselé de la mer comme des banderilles lumineuses. Au spectacle, les filles s'étaient tues et regardaient en fumant le tableau mouvant qu'encadrait le châssis de bois clair. La journée a passé, comme ça, à traîner devant l'écran de la fenêtre, celui de leur téléphone et de l'ordinateur, en trempant dans du lait des biscuits industriels classés D.

Depuis leur année de quatrième, Adèle et Lisa nourrissent une passion dévorante pour les films de zombies. Elles connaissent par cœur toutes les répliques de *La Nuit des morts-vivants* de Romero et participent chaque année à un défilé d'initiés qui a lieu fin août dans les rues de la ville, au terme duquel on élit le meilleur déguisement. S'ensuit une fête sanglante où des hémorragies de Bloody Mary achèvent les participants. Cette année, elles se sont promis de remporter le prix. Depuis, elles regardent tous les tutoriels maquillage pour se faire les gueules cassées les plus effroyables, les lambeaux de vêtements les plus guenilleux ; quant à la gestuelle, c'est un art particulièrement exigeant qui tient de la démarche fractionnée du robot et de l'animal enragé.

Vers 15 heures, après avoir arpenté la chambre en titubant avec d'affreuses grimaces et des grognements de phtisiques, elles sont descendues à la cuisine se préparer des frites surgelées recouvertes de fromage fondu. La mère d'Adèle n'était toujours pas là, on ne l'avait pas vue de la journée, elle n'avait pas laissé de message, contrairement à ce qu'aurait fait Karine qui ne s'absente jamais sans prévenir. Adèle sait rarement où est sa mère et quand elle rentrera… si elle rentre. Alors, certains soirs, elle appelle Lisa pour s'inviter à dîner. Karine déteste les invitations de dernière minute mais son âme de mère nourricière se révolte à l'idée de cette pauvre gamine livrée à elle-même avec des surgelés. Une situation qui la renvoie aux soirées micro-ondes de sa jeunesse. En plus, Adèle ne rechigne pas devant la soupe de légumes frais alors que Lisa soupire et fulmine. Après le dîner, pas question de laisser la jeune fille repartir seule dans la nuit. Fabien la raccompagne toujours en voiture ; Adèle l'aime bien.

Vers 20 heures, Léon est arrivé, trempé après avoir poussé « sa putain de moto » sur un kilomètre. La pluie avait noyé le moteur. Adèle est allée lui chercher une serviette dans la salle de bains et s'est rassise sur le lit, à côté de Lisa. Il s'est mis torse nu et a commencé à se sécher énergiquement. Une odeur forte émanait de lui, mélange de chien mouillé et de sueur musquée. C'était un peu écœurant mais ça donnait quand même envie de se frotter à son corps dense. Pas grand mais les épaules larges surmontées d'un cou épais un peu trop court, le ventre dur, partagé par une fine ligne de poils noirs, du pubis jusqu'au nombril. Lisa, gênée d'avoir laissé traîner son regard sur le corps du jeune homme, a tourné la tête vers le spectacle de la mer. Une scène sans intérêt, un décor gris sans nuances, des vagues indistinctes dans le crépuscule. Adèle lui a dit qu'elle pouvait rester dormir, si elle voulait. Lisa n'avait pas même posé la question. Pour elle, ça allait de soi. Quand son amie a évoqué le canapé-lit du salon, elle s'est raidie, accablée soudain par un sentiment d'abandon. Léon allait dormir ici, dans cette pièce, dans ce lit dont Adèle la chassait. Elle s'est levée et Léon, très naturellement, a pris sa place après avoir calé un oreiller dans son dos et balancé ses baskets et ses chaussettes mouillées à travers la chambre ; comme s'il était chez lui, pieds et torse nus... Puis il a détaché les boutons de son jean et s'est contorsionné pour le faire descendre le long de ses jambes. Le pantalon a fini sur le parquet, à côté des baskets. Il portait un caleçon obscène où des bouches grimées, trop rouges, suçaient un sucre d'orge. Très vite, de ses deux pouces surentraînés, Lisa a envoyé un texto à Jules. Il lui a répondu *OK* dans la foulée, comme s'il l'attendait.

Lui aussi vit seul avec sa mère. Par chance, elle n'est pas là cette nuit, elle a passé le week-end chez des amis et a différé son retour à cause de la pluie. Ça tombe bien, Lisa n'a pas envie d'être présentée comme la petite amie officielle. Elle est de passage, clandestine. Jules voit la situation différemment ; pour lui, ils sont ensemble, c'est évident. Même quand ils sortent en groupe, il se rapproche d'elle, essaie de l'embrasser et de lui tenir la main. Elle ne sait pas vraiment si elle veut que ça dure, alors elle préfère garder une certaine distance en public. Elle esquive tant bien que mal et parfois se laisse aller, surtout quand ils sont en compagnie d'Adèle et de Léon qui, eux, se déclarent en couple sur les réseaux et affichent leur désir à la limite de la décence. Lisa enrage quand la main de Léon s'attarde sur le sein de son amie ou qu'à la plage il lui caresse les fesses. Elle ravale sa jalousie.

Quand elle se réveille, elle a du mal à se repérer. Elle regarde l'écran de son portable : il est 4 heures du matin. Elle roule sur le côté, tout doucement pour ne pas réveiller Jules. Le souffle léger du garçon fait un bruit régulier sur lequel elle essaie de caler le sien. Mais rien n'y fait. Elle n'arrive pas à dormir. Elle se lève, sort de la chambre et descend à la cuisine. La lumière du néon lui rappelle sa nudité incongrue. Même chez elle, elle ne se promènerait jamais nue, elle interdit l'entrée de la salle de bains à sa mère depuis plusieurs années déjà. Elle boit un verre d'eau face à la fenêtre. Le vent d'est fait vibrer les vitres. Les éclairs comme des tirs aériens s'abattent, au loin, sur la mer. L'orage recule. Lisa déambule dans la maison déserte : le salon, d'abord, avec son canapé moelleux dans lequel elle s'enfonce. Puis un bureau en désordre : tasses de thé vide, manuels scolaires, cours épars. Elle feuillette les dernières copies que la mère de Jules n'a pas pu rendre aux élèves partis en vacances anticipées. Elle passe un doigt sur une commode poussiéreuse, un meuble ventru, épais, court sur pattes, en bois foncé. Ça lui rappelle un poème appris deux ans plus tôt. Elle le savait par cœur mais avait été incapable de le réciter, prise d'un fou rire irrépressible, face à la classe. Elle avait eu zéro, elle avait dit *j'en ai rien à foutre !* Du coup, sa mère avait été convoquée et Lisa avait encore écopé de quatre heures de colle. Dans la voiture, elle avait cogné avec le poing sur le tableau de bord en traitant l'enseignante de salope ; *Mais putain, est-ce que c'est de ma faute si j'ai eu le fou rire ? Tu veux voir si je le sais pas, le poème ?* Karine avait répondu que ce n'était pas le problème, c'est de sa grossièreté et de son agressivité qu'il était question…

Mais Lisa n'écoutait pas, elle couvrait de sa voix rageuse les récriminations de sa mère : « *J'ai plus de souvenirs que si j'avais mille ans. Un gros meuble à tiroirs encombré de bilans, de vers, de billets doux, de procès, de romance, avec de lourds cheveux roulés dans des quittances !* » Elle avait récité la fin en vociférant littéralement, dans l'habitacle saturé par sa colère. Paniquée, Karine s'était trompée de vitesse et avait fait hurler le moteur. Les doigts crispés sur le volant, elle s'était reprise pour se concentrer sur la route, et ne pas crier à poumons déployés, ne pas serrer le cou de sa fille jusqu'à ce que plus aucun son ne sorte de sa bouche. Lisa l'avait senti. Elle s'était tue d'un coup et s'était mise à pleurer. Karine avait ralenti, ses mains avaient cessé d'étrangler le volant. Elle avait changé de vitesse en douceur mais elle ne s'était pas arrêtée sur le bas-côté pour consoler sa fille. À la densité du silence qui s'installait entre elles, l'adolescente avait mesuré le gouffre qui la séparait désormais de sa mère. À cet instant, elle aurait tellement voulu que Karine fasse un geste et la serre contre elle.

Quand Lisa était enfant et qu'elle faisait une colère, c'était simple. On l'envoyait dans sa chambre, puis elle revenait et disait : *Je suis calmée ; pardon maman. On oublie ?* Sa mère faisait mine d'hésiter puis écartait les bras, la fillette venait se blottir contre sa poitrine et y étouffait ses derniers sanglots. Maintenant, on ne lui pardonne plus rien, comme si chacun de ses manquements donnait à ses parents une excuse de plus pour la désavouer. Parce qu'elle affirme des goûts qui ne sont pas les leurs, des positions qu'ils qualifient de radicales, parce qu'elle fait des expériences dont ils condamnent le caractère excessif. Quand elle essaie de se justifier, c'est pire. Comme après la dernière soirée binge drinking. *C'est bien Rimbaud, que tu admires tant, maman, qui encourageait « le dérèglement de tous les sens », non ?* Face à l'insolence de sa fille, Karine avait laissé libre cours à son courroux :

— Te soûler à te rendre malade, quelle honte ! Ah, si tu t'étais vue en train de tituber devant la porte d'entrée, incapable de mettre la clé dans la serrure. Et les risques de coma éthylique, tu y as pensé ? Les ravages sur ton cerveau ? Ça ne t'a pas suffi le mercredi où tu as bu en plein après-midi et où Maxime a dû m'appeler à la médiathèque et…

Lisa, qui jusque-là attendait calmement que la crise passe, avait violemment réagi au prénom de son frère. Elle avait quitté la cuisine et claqué la porte de sa chambre. Le fort en maths, le fils parfait, le préféré… Le Roi. Leur Roi. Pour chasser le visage euphorique de Maxime le jour de sa réussite au concours, pour effacer la fierté béate de ses parents, Lisa se concentre sur le poème de Baudelaire.

« *Je suis un vieux boudoir plein de roses fanées, où gît tout un fouillis de modes surannées.* » Elle se rend compte avec plaisir que sa mémoire est une alliée inattendue. Le poème de Baudelaire se déroule dans sa tête, sans heurts, au rythme des alexandrins. Dans l'un des tiroirs de la commode qu'elle a ouvert sans gêne, des photos sont empilées, ni rangées dans des albums ni classées par année comme l'aurait fait Karine. Dans le désordre, la vie de la famille. Jules et son frère, avec ou sans dents, avec des cartables tout neufs ou des sacs à dos de randonnée. Les parents, avec ou sans enfants ; jeunes et souriants dans un restaurant, un peu moins jeunes mais toujours souriants, avec leurs deux garçons, en maillot, à skis de fond, en bateau, en montagne l'été. Et puis Jules et son frère plus grands. Ils ont douze et quinze ans. Leur père n'est plus sur les photos. Elle sait pourquoi. Au retour d'un trek au Népal où il s'était blessé sans se soigner, il est mort bêtement d'une septicémie foudroyante. Quand Jules l'a raconté à Lisa, elle a failli dire qu'il n'y a pas de mort intelligente, que l'on meurt, c'est tout, à n'importe quel âge, partout et tout le temps. Mais elle s'est retenue. Avec Adèle, elles ont un numéro de duettistes bien rodé sur le sujet : *Autant ne pas trop s'attacher à la vie, elle est si précaire, autant vivre vite et mourir jeune. Le club des 27, vous connaissez pas ? Les stars du rock, mortes à 27 ans. Brian Jones, Janis Joplin, Kurt Cobain, Amy Winehouse. Overdose. Suicide. Légende.*

Jules et son frère ont l'air complices sur les clichés. Lisa, elle, ne sait pas faire bonne figure quand on la contraint à poser. L'air revêche, elle fixe toujours l'objectif sourcils froncés et lèvres serrées. Au dernier Noël, sa mère lui a reproché de gâcher exprès les portraits de famille. Lisa a menacé de quitter la table avant la dinde. Sa grand-mère paternelle a soufflé avec une exaspération non dissimulée mais sa grand-mère maternelle a tout de suite pris sa défense, elle a reconnu que c'était ringard ces photos, toujours les mêmes, devant le sapin ou autour de la table surchargée de victuailles. *La petite n'a pas tort.* Karine, vexée, l'a gratifiée d'un regard mauvais. Fabien a levé son verre pour faire diversion. Son fils, assis à sa gauche, a immédiatement trinqué avec lui. Maxime sait sourire sur commande de toutes ses dents bien alignées. Lui au moins, il fait honneur à l'orthodontiste qui a remis de l'ordre dans leur bouche à grand renfort de ferraille. Max a ensuite tendu son verre en direction de Karine : *Joyeux Noël, ma petite maman.* Lisa l'a détesté. Quand il joue au fils parfait, elle a envie de hurler. *Vous voyez pas qu'il se fout de votre gueule ? Moi, je sais qui il est.*

VIII

La nuit d'après

Je ne dors plus. Pourtant, il y a quelques heures, à peine allongée dans le lit, le cachet m'a fait basculer dans le néant. Avec les somnifères, on ne rêve pas, on s'enfonce dans un trou noir, comme si la peur avait été ensevelie profondément, un cercueil enfoui sous terre. J'ai fui, le temps d'une trêve trop courte. Quand j'ai rouvert les yeux d'un coup, happant une goulée d'air comme si je sortais la tête de l'eau, il était à peine 4 heures du matin. J'ai marché jusqu'à la chambre de Maxime. Je l'imaginais tournant dans son lit, lui aussi. Une bête traquée. En approchant, j'ai entendu des cliquetis, des touches que l'on enfonce avec rage. J'ai ouvert délicatement la porte, et je l'ai vu, de dos, torse nu, courbé vers son écran. Je ressentais la tension de son corps, la crispation de ses muscles. Ses ennemis, en tenue de camouflage, mitraillaient de tous côtés son avatar, mais il était plus rapide, plus offensif. Les colosses tombaient les uns après les autres, terrassés par une balle en plein cœur ou éparpillés, par une grenade, en bouquets de bras et de jambes.

Je l'ai observé un moment, casque sur les oreilles, pouces frénétiques. Il a bondi comme un fauve sur son dernier assaillant, un combat à mains nues cette fois, et sous mes yeux l'a étranglé. J'étais horrifiée par le réalisme de cette scène de meurtre. J'avais du mal à faire coïncider le visage juvénile de mon fils avec celui de ce militaire aux traits déformés par la haine. Je retenais ma respiration, de peur que Maxime ne se retourne et que je voie dans ses yeux la rage de son lieutenant ou une joie indécente de tuer par procuration. Comment pouvait-il jouer, cette nuit, au lieu de se retourner dans son lit, en se mordant les poings pour ne pas hurler ? Comment pouvait-il jouer à tuer ?

D'un coup, le colosse s'est redressé, a levé les bras vers le ciel en signe de victoire, sa ranger posée sur le corps inerte de son dernier adversaire. Alors que Maxime, les muscles du dos contractés et les mains toujours crispées, lançait une nouvelle guerre, je suis retournée jusqu'à ma chambre, anéantie, poursuivie par l'écho de cette escalade de violence virtuelle.

Il est 4 heures 40. Je ne tiens plus. Fabien, sur le dos, est étendu comme un gisant à mes côtés. D'habitude, ses ronflements me rassurent. Cette nuit, il ne fait aucun bruit. Je suis obligée de coller mon oreille à sa bouche pour l'entendre respirer. J'envie son sommeil serein qui tient les inquiétudes à distance, dans un ailleurs où il puise la force de se lever pour affronter une nouvelle journée aussi inoffensive pour lui que la précédente, là où rien n'arrive jamais. Si seulement Maxime avait aussi réveillé son père la nuit de l'accident… Est-ce que Fabien l'aurait couvert ? J'en veux à mon fils de l'avoir épargné et d'avoir fait de moi seule sa complice. Sa complice ? Non. On est complice d'un meurtre, pas d'un accident. Une douleur soudaine me fait sursauter. Je viens à nouveau de m'arracher une cuticule et je saigne. Je me lève précipitamment pour ne pas tacher le drap. Dans la salle de bains, je regarde les gouttes rouges qui souillent le lavabo et applique un pansement sur le bout de mon doigt. J'essaie de réfléchir. Je n'ai pas encore brûlé la chemise de Maxime. Il faudrait que je le fasse mais je ne sais pas si je vais oser. Pourquoi la brûler ? Et si je la lavais ?

L'effet du calmant est tout à fait dissipé à présent. Il est 4 heures 55. Le coton médicamenteux s'est déchiré, la peur reflue, acide comme des remontées gastriques. Cette chemise me poursuit comme un cauchemar éveillé. Cette chemise qui est une preuve et que je dois détruire si je veux protéger mon fils. Je marche dans le salon, dans la cuisine, dans l'entrée ; déplace un bibelot, essuie la vitre d'un cadre-photo avec mon tee-shirt de nuit. Mon cœur cogne, il bat trop vite quand je prends sa mesure, un pouce appuyé à l'intérieur de mon poignet. J'ouvre mon sac de yoga : un short, une brassière et un débardeur. Contre le mur, je vois les baskets de course que je n'enfile que pour marcher jusqu'au Club HAN, contraction de Hata, Ashtanga, Nindra. Avant, je courais. D'ailleurs, ses premiers footings, Maxime les a faits avec moi ; je lui ai appris le second souffle, jusqu'à ce que, devenu trop rapide, il ne me vole le mien. Il m'a semée un jour, comme il distancerait, peu de temps après, son père en VTT. Mais je me suis accrochée, aveuglée de sueur, inattentive. Ma cheville s'est tordue. J'ai renoncé à la course.

Il est 5 heures 30. J'enfile ma tenue de sport, lace mes baskets, bien serrées ; je fais quelques mouvements d'assouplissement des tendons. Pour la première fois depuis cinq ans, je m'élance : les deux pieds en suspension au-dessus du sol pendant une fraction de seconde s'écrasent un peu lourdement dans les premières foulées. Puis, le rythme revient, mes jambes me conduisent sans heurt vers la corniche. Les lampadaires éclairent ma silhouette étirée sur le bitume, double gigantesque et rassurant. Ma respiration, trop vite haletante, laisse présager l'abandon mais je me bats, je résiste, je m'oblige à suivre le parcours de l'air dans mes poumons en feu, j'accepte la brûlure le long de ma trachée. En un rien de temps, mon corps se couvre de sueur alors que l'orage, parti gronder ailleurs, a laissé dans son sillage une moiteur tropicale. La corniche, enfin, se dresse devant moi, me nargue avec sa pente raide et ses palmiers hiératiques, superbement indifférents à ma souffrance. J'attaque la montée, concentrée sur ma foulée. Mais je subis la côte. C'est comme si je troquais une torture pour une autre. J'entends de très loin cette voix qui me répète, *Maxime a tué une fille,* mais ma respiration ardente et le feu dans les muscles de mes mollets reprennent toute mon attention. Je vais gravir cette corniche, quitte à en crever, je vais atteindre le rond-point, tout en haut. Ensuite je descendrai par la route jusqu'à la crique aux cabanons, là, je longerai le sentier des douaniers, puis les pelouses des plages artificielles, enfin j'entamerai la dernière partie de la boucle par la piste cyclable. J'ai beau planifier le parcours, tenter de m'arracher à l'instant présent pour tromper ma douleur, je halète comme un chien enfermé dans une voiture en plein été. Le cœur dans la gorge, la bouche acide, les yeux mouillés de larmes, un cri de rage au bord des lèvres. Je vais mourir. Exploser. J'imagine mes organes et mes membres répandus en geysers comme dans le jeu de guerre de mon fils chéri. Puis soudain, je vois le rond-point, les pas pesants se font foulées faciles. Je l'ai enfin retrouvé : mon second souffle.

En descendant vers la crique j'accélère, je fends l'air dense d'humidité avec un plaisir oublié. Le jour s'annonce par de pâles rayons qui balafrent les nuages. Le chemin débouche sur la petite plage que la mer a entièrement engloutie. En première ligne, les cabanons inondés ressemblent à des bateaux difformes sans proue ni poupe. Leurs propriétaires sont en train d'écoper, en pestant contre les flots, qui régulièrement franchissent leur porte rendue poreuse par le sel. Alors que je m'engage sur le sentier, les vagues viennent claquer mes mollets et remplissent mes baskets d'eau. À chaque foulée, les coups se font plus brutaux. Dans le petit jour, la mer est grosse comme le dos d'un chat gris aux poils hérissés ; avec ses feulements menaçants, elle me suit, parfois me rattrape presque. Mes chaussures gorgées d'eau ralentissent ma fuite mais je contrôle mes jambes et ma respiration, l'eau ne peut rien contre mon second souffle.

IX

Cette nuit-là

Iris n'a jamais aimé danser ; elle n'a pas le rythme. Capucine est gracieuse, elle ; elle s'entraîne souvent au salon, se dresse sur ses pointes, enchaîne les entrechats et les pirouettes comme si c'était naturel de faire peser tout le corps sur le bout de ses orteils. Parfois, elle enlève ses chaussons et danse pieds nus sur des musiques étranges et entêtantes. Iris aussi a été mise au classique toute enfant, on l'a assouplie de force en pressant son dos pour qu'elle plaque son ventre contre le sol entre ses jambes écartées ; on a pressé sur ses épaules pour qu'elle fasse un grand écart parfait. *Souris ! Même si ça fait mal, il ne faut pas le montrer.* Mais elle a toujours préféré lire ou regarder de vieux films. Quand elle a eu quinze ans, Marie-Claire a accepté de ne pas renouveler son inscription au conservatoire ; une fois Gaëlle au tennis et Capucine à la danse, elle allait à vélo à la médiathèque, tous les mercredis, emprunter de vieux Hitchcock, des Capra, des Godard ou des Rohmer dont ses sœurs imitaient en riant les dialogues artificiels pour la faire enrager. C'est grâce au cinéma qu'elle est tombée amoureuse de Tom. En cours de français, l'an dernier, elle a fait un exposé remarqué sur la Nouvelle Vague. Quand le cinéma d'art et essai du centre-ville a organisé une rétrospective des films de Truffaut autour du personnage d'Antoine Doinel, Tom l'a invitée, quatre soirs de suite, à venir les voir avec lui : ils ont vu *Les 400 coups*, *Baisers volés*, *Domicile conjugal*. Après, ils allaient boire une bière pour débriefer, pas trop tard, parce que c'était en semaine et qu'ils se levaient tôt le lendemain pour le lycée. Il l'a finalement embrassée pendant *L'Amour en fuite*, le vendredi. *Il était temps*. Elle l'a dit en riant. Le garçon a répondu : *Tu avais qu'à le faire, toi*. C'est vrai qu'elle aurait pu, mais elle a toujours été trop timorée. Elle avait reçu quelques baisers déjà, mais avant Tom, rien de sérieux.

Elle n'a jamais aimé danser et c'est une torture d'être là ce soir dans cette salle suffocante, où les jeunes s'agitent par centaines sur la piste. Par moments, deux danseurs s'écartent et elle voit Tom qui bouge avec fluidité, puis il échappe à nouveau à son regard dans le flot des corps. Quand ils sont arrivés, ils se tenaient par la main, elle était heureuse malgré le monde, car elle savait que plus tard, dans la nuit, elle se retrouverait seule avec lui. C'était grisant d'anticiper la nudité, les mains qui caressent. Savoir que ça allait avoir lieu et qu'eux seuls en partageaient la promesse… et puis, soudain, une fille s'est jetée sur lui. *Tom ? Ça alors !* Il a fait les présentations : *Iris, Selma*, comme si elles étaient interchangeables. Elle aurait voulu qu'il précise, *Iris, ma copine.* Il ne l'a pas fait. Selma... Iris sait très bien qui c'est. Le premier amour, celle qui vous quitte et vous broie le cœur. Tom le lui a confié le soir de *Baisers volés*, quand, pour la première fois, on en est à parler de soi, à faire prendre à la conversation un tour intime. On parle des amours d'Antoine Doinel et puis soudain, il est question de Selma : Tom la rencontre en troisième, c'est sa première histoire sérieuse, toute une année scolaire. Elle déménage à la fin de l'été, ils s'aiment par écran interposé, en septembre, en octobre et en novembre. Elle promet qu'elle reviendra à Pâques chez sa tante, pour les vacances. Promis, juré. En décembre, elle ne répond plus aux appels pendant une semaine entière. Quand elle rompt le silence, c'est pour lui annoncer : *J'ai rencontré un autre garçon.* Tom reçoit un uppercut à l'estomac, il se saoule, il roule vite et sans casque. Envie de mourir ce soir-là mais pas plus longtemps que ça. À la vérité, lui non plus ne l'aurait pas attendue, à leur âge, pas possible ce genre de situation. *Et toi ?* Iris enjolive les quelques baisers échangés avec l'ami d'un cousin, en Bretagne. Et puis, pareil, l'éloignement, à leur âge... pas possible ce genre de situation.

Mais voilà, Selma est de retour. Avant d'entraîner Tom sur la piste, elle a dit qu'elle séjournait chez sa tante pour un mois. Iris a senti le danger immédiatement, elle a flairé les phéromones, les peaux qui se parlent. Ils dansent maintenant avec frénésie sur un vieux tube des PIL que les mystères de la mode ont remis au goût du jour : *This is not a love song... This is not a love song...* Elle tente d'accéder au bar, se faufile entre les corps suants, attend que le garçon devant elle, en chino bleu et chemise claire, commande son Moscow Mule, d'une voix lourde, déjà bien altérée par l'alcool. Elle n'a jamais essayé ce cocktail, elle en demande la composition au serveur : vodka, ginger beer, citron vert. Pourquoi pas ? Son voisin de comptoir tangue et frotte à plusieurs reprises son bras contre le sien. Elle s'écarte de lui et se retourne vers la piste. Les spots blancs clignotent, fragmentent les mouvements des danseurs, une trouée se fait dans le troupeau, un court moment, juste le temps de voir la bouche de Tom entre ses mains réunies en porte-voix contre l'oreille de Selma ; la jeune fille s'illumine, les lumières crues au-dessus de la piste lui font un sourire fluorescent. Iris attrape son verre, le vide d'un trait. C'est le quatrième de la soirée. Elle a déjà ingurgité trois whiskys Coca pour se donner du courage, calmer son appréhension mêlée d'impatience : elle allait bientôt se retrouver seule avec Tom et nue contre lui pour la première fois. Et puis l'autre a surgi avec son baluchon de souvenirs, dans lequel le jeune homme semble à présent fouiller avec délice. En quelques minutes, avant qu'elle n'entraîne Tom sur la piste, Selma a déplié les pans de ce passé commun dont Iris est exclue ; rien d'intime en apparence : des feux la nuit sur la plage, une soirée déguisée en l'absence des parents, la pluie qui oblige à se réfugier dans une ruine en attendant de reprendre le scooter, qui finalement n'a plus redémarré. Rires complices. Des souvenirs inoffensifs dans les mots mais dans leurs plis, elle imagine des recoins inavoués.

Le barman a chargé le cocktail. Iris sent la chaleur lui monter au visage. Elle joue des coudes pour s'approcher de la piste et finit par repérer Tom et Selma qui ondulent au diapason. Elle les regarde quelques instants sans se signaler puis revient sur ses pas, bouscule les danseurs, repousse les corps en mouvement qui s'écrasent contre elle ; elle avance tête baissée vers la sortie, en fuite, nauséeuse, abrutie d'alcool et de chagrin. Dehors, la moiteur de l'orage qui approche lui donne l'impression d'inspirer de l'air compact. Sans réfléchir, elle se met en marche, dépasse très vite les enseignes lumineuses de la zone commerciale et se retrouve sur un chemin sombre, le long de serres. Waze piétons lui annonce deux heures quinze de marche jusqu'à chez elle. Un éclair. Elle accélère, en sueur, en larmes, le drap de coton bleu aperçu cet après-midi sur le lit de Tom se superpose au ruban de terre poussiéreuse qui se découvre dans le faisceau de son portable. Un deuxième éclair, plus près, lumière et son. Des corps qui dansent, des corps fractionnés, Selma et Tom tellement proches, qui se sont retrouvés, qui s'attirent sans le savoir encore, qui s'embrassent peut-être déjà ou s'étreindront à l'aube dans les froissements de ce drap bleu ; Iris oubliée, chassée comme une mouche gênante, Iris en nage dans l'air bouillant, électrisé, ébranlé par le tonnerre qui fait vibrer le sol. Une voiture en approche : hurlement d'un moteur poussé à fond, pied au plancher, trop vite sur la petite route, crissement de gravillons. Troisième éclair. Tout près, deux phares blancs comme les yeux d'un monstre…

X

Cette nuit-là

Maxime a tangué entre les danseurs ; il n'a reconnu personne, peut-être un ou deux gars du lycée mais même pas sûr. Il aurait pu repartir immédiatement mais le ticket d'entrée donne droit à une boisson, alors il commande un Moscow Mule. Une fille se colle à lui pour accéder au comptoir, la peau de son bras frotte contre son biceps de jeune homme, c'est une sensation agréable. Elle demande au serveur les ingrédients qui composent le cocktail. Maxime s'apprête à lui parler mais elle ne lui en laisse pas le temps. Elle avale d'un trait le contenu de son verre à peine servi et s'éloigne aussitôt du bar ; il regarde la robe fleurie à bretelles qui progresse vers la sortie. Il hésite à commander un dernier cocktail mais se souvient qu'il vient de dépenser ses derniers euros et que sa carte de crédit est périmée. Il n'a pas pris le temps, cette semaine, d'aller chercher la nouvelle à la banque. Il aurait dû demander 100 balles à sa mère. Il tangue de plus en plus, bousculé par les clients successifs qui revendiquent, ticket d'entrée ou billet en avant, leur droit à l'ivresse eux aussi.

Quand il monte dans la voiture, il sait qu'il n'est pas en état de conduire. Heureusement, il sait aussi comment éviter les contrôles : on se refile les tuyaux entre potes, en se foutant de la gueule des flics qui mettent toujours ou presque les barrages aux mêmes endroits. Parfois quand même, ils nous prennent de court, on tombe sur eux là où on ne les attend pas. Dans son crâne brumeux, Maxime évalue les conséquences d'une mauvaise rencontre : perte provisoire du permis, chiant pour l'été, mais de toute façon, en région parisienne l'an prochain, il circulera en RER et en métro.

Avant de toucher le volant, il essuie ses mains moites sur son pantalon. Dans le ciel, un éclair. Il met la clé dans le contact et démarre. Il passe devant les enseignes lumineuses de la zone commerciale. Deuxième éclair. Il bifurque sur un chemin de terre. Il accélère, le moteur crie, en surrégime. Changement de vitesse. Pédale enfoncée à fond. Troisième éclair.

Le choc…

La ceinture lui écrase la trachée. Dans les airs, une robe fleurie qu'il reconnaît, des cheveux longs, des bras et des jambes désarticulés. Le corps décrit une parabole devant son pare-brise avant de venir s'écraser au sol. Dans son cerveau, les informations se bousculent, incohérentes ; il imagine le problème de physique impliquant la trajectoire de cette masse en mouvement, 55 kilos au jugé, heurtée de plein fouet par un véhicule moyen, soit 1 250 kilos, lancé à 100 à l'heure sur un chemin de terre où il aurait fallu rouler à 30. Il manque des données concernant la résistance des matériaux, l'os d'un bassin de jeune fille que l'ostéoporose n'a pas encore fragilisé et le pare-chocs, combinaison de polycarbonate et d'acrylonitrile butadiène styrène. Et le point d'impact entre les deux objets qui entrent en collision… Il se souvient du petit air satisfait de monsieur Colas, quand il leur distribuait les sujets d'examen blanc qu'il s'évertuait, avec jubilation, à rendre de plus en plus ardus, au point de n'avoir lui-même pas été capable de résoudre le dernier problème de l'année. Prétendant que la solution allait de soi à partir de là, le professeur avait effacé d'un chiffon pressé la correction en cours sur le tableau blanc. Maxime se souvient avoir hésité une seconde de trop à signaler l'erreur, mais Colas avait été suffisamment rapide pour transformer les équations en résidus crasseux afin qu'aucun étudiant ne puisse pointer la faute qui l'aurait discrédité. Maxime se souvient de ses concurrents au visage en feu à la fin des épreuves d'entraînement, les yeux parfois pleins des larmes de l'échec. Et lui Maxime, jamais. Lui ne se décourage pas, ne dévie pas de sa trajectoire. Le jour du concours, une voix solennelle lance les hostilités, les candidats peuvent retourner leur sujet. « Une centrale inertielle est un ensemble d'accéléromètres et de gyromètres qui mesure l'accélération et la vitesse angulaire d'un mobile et permet de le positionner dans l'espace… » Maxime comprend cette langue-là, c'est la sienne. Arrivé à la question 41, la dernière, il se dit qu'il est, ce jour-là, complètement bilingue : « Quelle différence de phase entre les ondes trigonométrique et antitrigonométrique obtient-on dans le cas d'un gyromètre à fibre optique… » Il lève la tête de sa feuille avant de clore l'épreuve et observe les rares visages impassibles et tant d'autres ravagés, égarés, « lost in tranlation », alors que les accéléromètres et les gyromètres tourbillonnent dans les cerveaux en surchauffe comme des sacs en plastique un jour de grand vent. Dans un geste conclusif, il plante son stylo dans la feuille, estocade finale.

Affolé, il descend de voiture, tousse en se massant le cou, rebrousse chemin, cherche la fille. Il se dit qu'il a eu une hallucination, il balaie la route avec la lampe de son portable mais ne voit rien, à part une petite forme brillante avec une longue anse à quelques pas : le sac doré qu'elle portait en bandoulière. Il longe le fossé et la lumière crue éclaire alors le corps couché sur le côté : la robe assombrie au niveau de l'abdomen par une grande tache rouge, les yeux mi-clos, comme ceux des zombies qu'imite sa sœur. *Non !* Le cri s'est échappé de sa bouche, suivi d'un hoquet si violent qu'il a failli vomir. Mais qu'est-ce qu'elle foutait là cette fille, dans le noir, sur ce chemin paumé ? Mais qu'est-ce qu'elle foutait, putain, cette conne ?

Il pose un genou à terre et incline son buste vers l'inconnue dont le râle ne s'entend que si l'on approche l'oreille tout près de la bouche. Instant solennel où Maxime mesure l'ampleur de sa décision. Vite, le matheux calcule : conduite en état d'ivresse, vitesse, procès, condamnation, prison.

Il secoue la fille, essaie de la réveiller, puis se redresse et frotte sa chemise maculée de sang ; la tache ne s'efface pas. Alors il court vers la voiture, se met derrière le volant, cale à deux reprises avant de démarrer. Le véhicule s'élance finalement, les pneus crissent. Il vérifie dans le rétroviseur, personne en vue. Son regard se porte sur le siège passager où il vient de jeter le petit sac à main lamé. Il aurait dû le reposer à côté de la fille mais c'est trop tard ; il ouvre la fenêtre et le lance le plus loin possible. L'objet volant opère une trajectoire rectiligne avant de plonger dans le champ en friche qui longe le chemin.

Sur la route, son cœur irrégulier martèle ses côtes au rythme erratique d'un solo de batterie ; Maxime redoute que son corps ne le lâche tandis que les secousses nerveuses se succèdent le long de ses jambes comme des ondes de choc. Pour évacuer la tension, il pousse un cri barbare, les cordes vocales tendues, à la limite de la rupture. Puis il se reprend et murmure : *Maman, maman…*

XI

Le jour d'avant

Marie-Claire se regarde dans le miroir. Quand elle était adolescente, sa mère lui a appris à conjuguer élégance et sobriété. Surtout dissimuler ses appas féminins. Ni décolleté, ni vêtement moulant susceptibles de révéler la rondeur d'une poitrine et d'une paire de fesses que les gens vulgaires qualifient d'« avantageuses ». Mieux encore, être suffisamment maigre pour n'avoir aucun de ces attributs trop voyants. Aujourd'hui, elle a ouvert les premiers boutons de son chemisier et enfilé une jupe qui souligne la chute de reins sacrilège. À quarante-cinq ans, elle hésite néanmoins à sortir dans une tenue que réprouverait sa mère.

Elle s'est mariée vierge, à l'église, assurée d'être entrée sur la voie royale et d'y rester jusqu'au dernier arrêt, terminus caveau de famille où elle reposerait un jour auprès de son défunt époux ; mais c'était sans compter avec le pire qui s'était avéré plus constant que le meilleur dans son quotidien conjugal. Sa belle-mère, à laquelle elle avait eu la faiblesse de se confier, lui avait rappelé, *Erwan a été amoureux de toi dès qu'il t'a vue,* comme si ça suffisait à la dédommager du désastre de son mariage : un mari taiseux, bourreau de travail, absent la plupart du temps. Elle sera la première divorcée dont on médit déjà, elle le sait bien, depuis qu'elle a annoncé sa séparation à ses parents, à son frère et à ses sœurs. Il y a quelques mois, elle n'aurait jamais accepté que l'une de ses filles découche et s'allonge dans le lit d'un jeune homme pour y perdre ce précieux trésor dont les sermons catholiques et les femmes de la famille lui ont vanté la valeur suprême. Mais, pour Marie-Claire, le cours de la virginité s'est effondré en même temps que celui du sacrement matrimonial. En lançant la procédure de divorce et en s'inscrivant quelques mois plus tard sur un site de rencontres, elle a signé la faillite des valeurs fondatrices de sa morale personnelle.

Ce soir, Marie-Claire a un rendez-vous. C'est la deuxième fois depuis le départ d'Erwan qu'elle rencontre un homme grâce à un site. Elle n'aurait jamais cru trouver ça grisant de s'adonner à une correspondance intime avec des inconnus. Au début, ces échanges virtuels n'engagent à rien, à part à la rêverie, on a du mal à envisager le passage à l'acte. Un champ de fantasmes, en friche, envahi de pensées folles qui peinent à s'enraciner dans le réel. Elle avait refusé des rencontres à cause des mots pressants de certains candidats, ces mots qui excitent mais effraient surtout, quand on n'y est pas habituée. Le malaise aussi quand le désir se dit de plus en plus crûment au fil des échanges, jusqu'à s'incarner dans un sexe dressé, en gros plan, sur l'écran de l'ordinateur. Elle s'était surprise à rougir, avait jeté la photo dans la corbeille et bloqué le profil de l'exhibitionniste.

Enfin elle a franchi le pas, une première fois. C'est un homme tape-à-l'œil qui s'est présenté au restaurant, dans un costume légèrement satiné. Sa chemise blanche était jaunie aux aisselles et malgré la dose massive de déodorant, Marie-Claire a senti l'odeur lointaine, un peu écœurante, de sa sueur. La conversation s'engluait malgré les efforts du gars pour vendre sa petite marchandise : une maison d'architecte, photos à l'appui, une voiture rutilante, garée pile devant le resto, *Tiens regarde mon dernier joujou*, et Marie-Claire, de s'excuser, *Moi les voitures, vous savez... On se dit tu, hein ?* Soit. *Les voitures, tu sais, je n'y connais rien.* Il aime le kart, elle la randonnée. Il aime les comédies américaines et le disco... Elle préfère lire et écouter du classique. Ou Barbara. Ils se demandent sans le formuler encore comment ils en sont venus à « matcher » sur le site puis à organiser ce rendez-vous. En fait, leurs échanges sur la Toile ont surtout tenu lieu de déversoir : ils ont vidé leurs sacs remplis à ras bord du linge sale de leurs débâcles conjugales respectives. Au cours du dîner, Marie-Claire a eu soudain honte de s'être épanchée auprès de cet inconnu un peu vulgaire. Après cette soirée, elle ne le verrait plus, de toute façon. Elle espérait qu'il oublierait vite toutes les confidences intimes auxquelles elle s'était laissée aller, le soir, par écran interposé. Ce n'est pas dans ses habitudes pourtant de se répandre comme elle l'a fait, allant jusqu'à décortiquer, pour mieux les critiquer, les moindres manies d'Erwan. Quand l'homme s'est levé pour aller aux toilettes, elle a regardé ses pieds. Même pour les chaussures, ils n'étaient pas raccord. Dans la bonne bourgeoisie catholique toulonnaise qu'elle a coutume de fréquenter, les hommes portent des chemises vichy, des pulls col V joliment noués sur les épaules, des pantalons de coupe classique, des mocassins l'hiver, des chaussures bateau l'été ; dans les soirées où se font les futurs mariages, on danse un rock très raide, qui se décline en passes techniques, au détriment du rythme et de la sensualité. Oui, dans ce monde parfait, les jeunes hommes font des écoles d'ingénieur, deviendront officiers de marine, ou médecins militaires comme Erwan. Quant aux filles, quelles que soient les brillantes études qu'elles entreprendront, la plupart finiront mères au foyer et accueilleront tous les enfants que Dieu leur enverra, assistées dans cette mission biblique par leur cher époux, pressé d'accomplir son devoir conjugal après plusieurs mois de mer. Marie-Claire n'a eu que trois enfants alors que plusieurs de ses fidèles camarades des scouts ont contribué à donner, en grande quantité, du sang neuf à la vieille bourgeoisie. Elle a choisi d'exercer la médecine, même si Erwan a obtenu d'elle, avant même la naissance d'Iris, qu'elle partage un cabinet avec une consœur. *Comme ça, tu travailleras à mi-temps, ce sera mieux pour toi et pour les enfants.*

Certes, c'était le monde qu'elle connaissait, mais ce ne sera peut-être pas celui de ses filles. Iris, la plus docile, a été louvette jusqu'à douze ans. En revanche, Capucine et

Gaëlle n'ont pas voulu entendre parler des scouts. Marie-Claire craint que dans la famille, on ne qualifie ses filles de « modernes », ce qui dans la bouche de sa mère est presque synonyme de putains, mais elle les laisse libres de faire leurs choix. Elle-même se sent de plus en plus décalée dans les réunions de famille, les dîners de fête, les baptêmes, les communions, les mariages et les messes d'enterrement en latin. Elle va divorcer, elle l'aînée de la fratrie : cinq sœurs, dont quatre mariées et une vieille fille à l'ancienne, bigote comme on n'en fait plus, qui s'use les genoux en prières et s'est asséché le cœur de solitude. Un seul frère, entré tout jeune dans les ordres, ce qui est certes honorable mais dont le refus de perpétrer le nom du père a été considéré comme une petite trahison.

Elle s'apprête à partir pour son second rendez-vous. Après des soirées entières à se brûler les yeux sur l'écran, la rencontre ratée avec l'amateur de disco à chaussures pointues, après s'être dit, dit et répété, *Ce n'est pas pour moi,* elle a résilié, une première fois, son abonnement au site de rencontres. Elle espérait plutôt des invitations de son cercle d'amis. On lui présenterait peut-être un homme seul, dont elle n'aurait à redouter ni les costumes satinés ni les horribles souliers. Mais ce n'est pas arrivé. Elle a bien tenté d'organiser deux ou trois dîners mais ce n'est plus pareil. Elle se sent à côté, pas très loin, juste à la marge. On finit soi-même par se mettre en retrait, on risque bientôt de s'exclure tout à fait d'un monde où l'on n'a plus sa place. C'est avec les yeux d'une divorcée qu'elle regarde maintenant la petite bourgeoisie catholique étriquée dont elle a été un membre émérite. Avant, on l'invitait pour le thé, c'était mondanités et tout le tralala, puis juste avant le départ, on demandait en chuchotant : *Si tu pouvais me prescrire une crème apaisante pour la varicelle de Paul-Emmanuel ? Et tu peux faire quelque chose pour l'érythème du petit dernier ?* À présent, on la sollicite moins pour les futilités du tea time que pour ses compétences médicales ; c'est comme si on lui faisait une fleur en l'invitant à venir soigner les fesses rouges d'un beau bébé blond et bien né. Avant qu'elle ne reparte, on lui tend, presque à la sauvette, un mug fumant, parce qu'on sait vivre malgré tout, on sait rester courtoise même avec une presque divorcée : *Ma chère Marie-Claire, tu boiras bien une tasse de thé ?*

Quand elle a appris qu'Erwan invitait les filles à Pointe-à-Pitre, elle s'est sentie exclue. Elle allait se retrouver seule pendant l'été, libre aurait-elle pu dire si elle avait pu se mentir. Elle a eu mal. Alors, elle a choisi de s'inscrire sur un nouveau site, un site pour célibataires chrétiens, cette fois-ci : Theotokos. Même si elle ose enfin s'avouer qu'elle a bouffé dans sa vie des bondieuseries jusqu'à l'écœurement, elle peine à envisager le choix d'un partenaire en dehors de sa communauté. Elle a entamé une conversation avec l'un de ses membres. L'homme est veuf, catholique peu pratiquant, ingénieur à Naval Group, il aime le classique, le jazz, la voile et la marche en montagne. Ils avaient prévu de se rencontrer hier soir mais il a eu un contre-temps. Il a proposé de reporter le dîner de 24 heures. Elle a accepté. Ça tombe bien. Capucine et Gaëlle ont été invitées pour trois jours chez des cousins parisiens en vacances comme tous les ans dans leur maison de famille. Les qualifiant de « prout-prout-prière », les deux adolescentes traînaient des pieds mais Marie-Claire a insisté. Elle sait gré à sa cousine Christine de ne pas traiter ses filles comme des pestiférées sous prétexte qu'Erwan et elle sont en instance de divorce. Il y a quand même eu une tentative pour inciter Marie-Claire à se lancer à la reconquête de son mariage : *Peut-être allez-vous vous réconcilier ? Ça nous est arrivé avec Pierre-Antoine de traverser de mauvaises passes. Contrairement à ce que l'on croit, ça renforce le couple. Et puis, tu dois mettre ton orgueil de côté ; téléphone à Erwan et dis-lui que tu es prête à lui pardonner. Ou même tu peux reconnaître que tu as eu des torts aussi…* Elle s'est sentie soulagée lorsque la voiture familiale remplie d'enfants a disparu au coin de la rue avec ses filles. Quant à Iris, il est prévu qu'elle reste chez Tom jusqu'à demain après-midi. Pourvu que Capucine et Gaëlle tiennent leur langue. Si Christine apprend que la sœur aînée découche, elle ne se privera pas de faire la leçon à Marie-Claire sur le gaspillage de cette virginité qui lui fera défaut au moment du mariage.

En attendant, Marie-Claire se regarde une dernière fois dans la glace, avant de partir à son rendez-vous. Elle détache ses cheveux et frotte avec l'index une trace de rouge à lèvres sur son incisive.

Quand elle rentre dans le restaurant, elle le reconnaît, fidèle à sa photo. Il se lève immédiatement en la voyant approcher.

— Enchanté, Jacques.

— Marie-Claire.

XII

Lundi 10 juillet

L'identité de la jeune fille fauchée par un chauffard dans la nuit de samedi à dimanche sur une route communale de La Garde nous a été communiquée. Il s'agit d'Iris Le Barth, une étudiante de dix-huit ans, domiciliée à Toulon. Son petit ami, interrogé par les services de police, n'a pu fournir aucune explication sur les raisons qui ont poussé Iris à quitter la soirée étudiante seule et à pied, en pleine nuit. L'enquête se poursuit pour retrouver le conducteur qui a pris la fuite…

— Iris Le Barth ! Putain ! On est en classique et en contemporain avec sa sœur Capucine ! Putain, c'est pas vrai !

Je me retiens de dire à Lisa, par réflexe ou pour me donner une contenance, de surveiller son langage. Alors que la peur m'envahit de nouveau, je pose ma fourchette pour qu'ils ne la voient pas danser la gigue entre mes doigts mais leurs trois paires d'yeux sont braqués sur l'écran de télé où sourit une jeune fille blonde, au visage fin et classique. Pas de piercing, pas de teinture bleue ou mauve, pas de rouge sang sur les lèvres, aucun signe annonciateur du risque de « mal tourner ». Et pourtant. *Les obsèques auront lieu jeudi 13...* Je cherche Maxime du regard mais je ne vois sur son profil aucune émotion apparente. Son visage est parfaitement immobile, si ce n'est un battement de cils, à intervalles réguliers. Au poker, il gagnait toujours quand on jouait en famille, certains dimanches après-midi, jusqu'à ce que Lisa déserte la maison, *Où vas-tu ? Je sors, c'est tout !* Dehors, n'importe où, mais ailleurs. Tout à l'heure, elle est rentrée alors que je préparais le dîner, j'avais déjà essayé de la joindre plusieurs fois, elle n'avait pas répondu bien sûr, elle va me faire payer longtemps mon « pétage de câble ». À sa peau brunie, j'ai su qu'elle était allée à la mer, elle avait les cheveux encore mouillés, relevés dans un chignon, des mèches échappées de la pince, le long du cou et de la nuque, la marque du maillot humide sur son short et son tee-shirt. Elle a semé des grains de sable sur son parcours, dans l'entrée, l'escalier, le couloir de l'étage. Je l'ai suivie avec la balayette jusqu'à la porte de sa chambre qu'elle a claquée dès qu'elle m'a vue, à quatre pattes, en train de rassembler dans la pelle les résidus sableux de son après-midi de plage.

Quand Lisa était enfant, ma mère lui avait dit combien elle était belle étant jeune. Pour preuve, elle avait sorti d'un tiroir une photo où elle prenait la pause en bikini à la piscine municipale. Intriguée, ma fille avait regardé le cliché quelques instants, puis le visage de sa grand-mère, comme si elle peinait à faire coïncider les deux images. Finalement, elle avait demandé :

— Si on arrache toute ta vieille peau, en vrai, t'es comme sur la photo ?

J'avais craint que ma mère, très susceptible sur la question, ne se fâche, mais rieuse, elle avait caressé la tête de Lisa en disant, *Toi alors.* Quand Lisa me défie, visage dur, œil de charbon, j'aimerais moi aussi la dépecer pour retrouver, sous le masque de l'adolescence, la fillette qu'elle était. Si je pouvais l'éplucher comme une banane, je jetterais la peau noircie par les artifices, et dessous ce serait blanc et lisse… Elle aurait à nouveau son petit visage rond et les yeux confiants de ses six ans. Une fois le livre du soir refermé, elle me réclamerait des baisers papillons du bout des cils sur ses joues et sur ses paupières closes. Toujours ce petit rituel et les mêmes promesses pour l'aider à s'endormir. Elle ne doutait jamais de moi quand je lui jurais qu'elle n'avait rien à craindre puisque j'étais dans la chambre d'à côté. Aucun père Fouettard, aucune sorcière, aucun monstre de placard ne viendrait à bout de la puissance protectrice de mon amour maternel. Et pourtant, les mères ne peuvent pas appuyer sur les pédales de frein pour stopper la marche du destin.

— Allô, Dèle ? Il s'est passé un truc horrible ! La sœur de Capu, Capucine, celle de la danse, et ben sa sœur, Iris, ouais la grande blonde coincée, elle s'est fait écraser par une voiture samedi soir. Elle est morte, meuf ! Elle était à la soirée au campus, tu l'as pas vue ?

Laissant son assiette à moitié pleine, Lisa est sortie de table, dispensée du dîner familial par l'impératif du fait divers. Incapable de partager avec nous l'émotion brutale qui fait trembler sa voix, elle file vers sa chambre mais avant qu'elle ne disparaisse dans l'escalier, je vois les notifications lumineuses qui clignotent contre son oreille chaque fois qu'un message lui est envoyé. J'imagine que les réseaux sociaux ont pris le relais du 20 heures, #IrisEstMorte, #RetrouvonsLeMeurtrier D'Iris, #VengeonsIris…

Fabien a cessé de porter sa fourchette à la bouche, il fixe l'encadrement de la porte par laquelle Lisa a disparu. Moi, je peine à déglutir, j'avale de travers et me mets à tousser. Quant à Maxime, il continue de manger avec des gestes trop calmes, les yeux sur l'écran où il est maintenant question d'été, de déshydratation dans les maisons de retraite et de canicule prochaine. Fabien soupire, *Pauvre gosse !* Puis ajoute, *J'espère qu'ils vont le retrouver, le salaud qui s'est barré…* Discrètement, je regarde Maxime à nouveau. Il est impénétrable, impassible. Comment parvient-il à si bien dissimuler la tornade qui doit bousculer son cœur, soulever son estomac, tordre ses intestins ? Moi, je la ressens si fort cette tempête que je risque de chavirer, de basculer de ma chaise. Je voudrais me lever pour foncer sur l'armoire à pharmacie en quête d'une petite dose d'oubli mais je ne trouve pas la force de bouger.

— Iris Le Barth, Iris Le Barth, répète Fabien. Mais oui, je me disais bien que ce nom me parlait ! En fait, j'ai rencontré son père, Erwan Le Barth. Tu te souviens, chérie ? Il a fait appel à moi il y a quelques années pour un problème de cadastre, rapport à une succession. Un terrain familial, un héritage de sa femme, je crois. Lui par contre, c'était un Breton, qui ne se plaisait pas dans le Sud d'ailleurs. Je m'en souviens bien… Il venait d'avoir une troisième fille et sa femme avait voulu l'appeler Rose. Mais il était pas d'accord, elle avait déjà donné des noms de fleurs aux deux premières. C'est terrible !… Pauvres gens ! À l'époque, je m'étais dit qu'ils avaient la belle vie. Le médecin militaire, chirurgien même je crois, et sa femme médecin elle aussi. Et leur baraque ! Tu vois laquelle ? C'est la maison ancienne, immense, au pied du Faron, avec un grand jardin, un parc même, on peut dire, dans la rue du téléphérique. On avait discuté un moment, je me souviens, Le Barth, il était déçu de ne pas avoir eu de garçon. Je me suis dit que j'avais de la chance, moi : (Fabien se tait et sourit en regardant Maxime) moi, j'ai eu le choix du roi.

Il attend que j'approuve. Mais qu'est-ce que je peux dire ? Si je parlais maintenant, si je lui balançais la vérité au visage, sa couronne d'orgueil lui tomberait de la tête. Ton fils Maxime a tué une fille blonde au visage beau et sage, Maxime, ton roi, a tué Iris Le Barth. Qu'adviendrait-il alors du regard satisfait de Fabien dans son visage un peu mou, visage de la petite bourgeoisie de province qui se croit à l'abri dans son lotissement aux maisons identiques ? Avant, moi aussi ça me rassurait cette conformité confortable. *Vous allez vivre ici ? Vraiment ?* avait demandé ma mère quand je l'avais emmenée visiter le chantier du lotissement. *Alors que vous auriez les moyens d'acheter un bel appart ancien en centre-ville ?* Vexée, je lui avais rappelé combien j'avais eu froid dans son « bel Haussmannien » mal chauffé, traversé de courants d'air… Et le bruit de la ville, les tommettes branlantes, et la fois où le circuit électrique défaillant avait failli provoquer un incendie ? Et tous les robinets qui fuyaient ? Ce goutte-à-goutte qui m'empêchait de dormir. Elle avait coupé court à la liste de doléances : *Mais ma chérie, inutile de te justifier, si tu te plais ICI, eh bien c'est l'essentiel !* D'un geste méprisant, elle avait désigné le chantier, où les maisons jumelles poussaient en chœur sur des terrains que mon géomètre de mari avait arpentés au centimètre près. Quelques mois avant cette dispute, Fabien était rentré du travail très excité parce que l'un des futurs propriétaires n'avait pas eu son prêt et qu'il restait donc une parcelle à vendre : *On sera bien ici, Karine, près de tout mais au calme, parfait pour un jeune couple avec des enfants petits, l'école à côté, les bus, la mer pas loin…* On aurait dit qu'il récitait les platitudes d'un dépliant publicitaire mais j'avais voulu y croire moi aussi.

Comme je n'ai pas réagi, il répète :

— Trois filles ! Tu imagines Karine ?

Puis il insiste, se remémorant la conversation avec Le Barth :

— Je m'étais dit, tout le monde n'a pas la chance d'avoir le choix du roi. À l'époque, je n'aurais jamais pensé à ajouter « et tous ses enfants vivants »…

Je regarde Maxime, très concentré, qui répond à un texto sur son téléphone. Alors la colère monte en moi. Comment peut-il ? Je ne comprends pas.

Le choix du roi ? Tu parles. Je me retiens de répondre. Une seule phrase et ton roi, je le décapite.

XIII

Le jour d'après

Quand Marie-Claire branche son téléphone pour le recharger, il est 14 heures. Elle rentre à peine de chez Jacques, bousculée encore par leur nuit. Elle chasse du mieux qu'elle peut la voix sévère de Christine qui lui a laissé un message ce matin pour la prévenir qu'elle ramènerait les filles à 18 heures. La tête de sa cousine si elle avait su qu'au moment où elle a tenté de la joindre, Marie-Claire était encore au lit avec un homme rencontré sur un site ! Plus tard, entre midi et deux, un numéro inconnu a appelé plusieurs fois. Comme elle voit qu'on lui a laissé un message, elle consulte son répondeur. *Madame Le Barth, c'est le commissaire Roux, pouvez-vous me rappeler à ce numéro ? Merci.*

Madame Le Barth, c'est encore le commissaire Roux, rappelez-moi dès que vous avez ce message. C'est urgent !

Elle lâche le téléphone sur la table du salon, comme s'il s'agissait d'une bête prête à mordre. Il est arrivé quelque chose. La voix ne trompe pas. Cette voix-là, cette voix belle et grave aux accents de fatalité. C'est-ur-gent.

Comme la voix a détaché les syllabes ! Comme elle est posée et pourtant définitive, cette voix. Mais non. Elle tente de se rassurer. S'il était arrivé quelque chose aux filles, Marie-Claire le saurait, elle le sentirait dans son ventre de mère. Ou peut-être pas, peut-être a-t-elle été trop occupée d'elle-même… Il faut rappeler. Savoir. En avoir le cœur net. « Le cœur net », quelle expression ! Et si c'était avoir le cœur broyé, détruit, dynamité, explosé en mille morceaux ? Elle tend la main, sans force, vers le portable, pose un doigt tremblant sur l'icône représentant un combiné téléphonique à l'ancienne, ces appareils gris à cadran que les jeunes n'ont jamais connus. L'appel est en cours, puis ça sonne, puis la voix répond. C'est le commissaire Roux. Elle se présente d'une voix atone, *Marie-Claire Le Barth*. Il lui demande de venir au commissariat, le plus vite possible. Il est passé chez elle, à deux reprises, mais elle n'y était pas. Venir oui, mais avant elle veut savoir. Il hésite à le dire comme ça, à distance, mais elle insiste. Il lui répète de le rejoindre au commissariat. Elle supplie maintenant. Il ne peut pas la laisser avec ce doute…

— *C'est Iris. C'est votre fille Iris. Elle a été renversée.*

— *Mais où ? Comment ? Où est-elle ?*

— *Madame Le Barth, je suis désolé.*

Elle peine à articuler mais elle insiste. Elle veut savoir où est sa fille. Le commissaire va tout lui dire… *mais, attendez un instant, Madame, s'il vous plaît*. Il lui demande de confirmer qu'elle est à son domicile puis s'adresse à un certain Jérôme, *Va chercher madame Le Barth chez elle et emmène-la au commissariat.* Il tente alors de lui expliquer ce qui s'est passé : le chemin, la nuit de samedi à dimanche, les serres. Elle n'y comprend rien, elle crie, pleure, hurle de toutes ses forces. Ce n'est pas possible cette histoire, ça ne peut pas être sa fille, elle était avec son petit ami à une soirée étudiante sur le campus, il a une voiture, il est venu la chercher avec. *C'est une erreur, une erreur !* Elle le répète, en boucle, pour empêcher le commissaire de la contredire.

— C'est une erreur, vous allez vous en rendre compte. Appelez Tom Degrand, appelez-le tout de suite, il va vous le dire, lui, qu'Iris a passé le week-end avec lui. Elle ne va pas tarder à rentrer d'ailleurs. Elle va rentrer, elle m'a dit qu'elle serait là en fin d'après-midi. Et on peut lui faire confiance. Elle va rentrer ! Elle va rentrer ! Vous vous êtes trompé. Mais qu'est-ce qu'elle aurait fait, nom de dieu, sur ce chemin désert ?

— Madame Le Barth, écoutez-moi, je vous en prie.

— Mais pourquoi vous n'appelez pas Tom ? Iris m'a laissé son numéro. Je vous le donne, attendez.

— Nous avons déjà convoqué Tom Degrand au commissariat tout à l'heure. Iris a disparu dans la nuit. Le jeune homme était en train de danser. Il ne l'a pas vue quitter la salle. Il n'a pas compris pourquoi elle était partie à pied. Il est rentré sans elle. Sa version a été confirmée. Je suis navré.

— Mais comment pouvez-vous savoir que c'est Iris ?

Le commissaire explique patiemment que la tenue vestimentaire correspond à la description qu'en a donnée

Tom. Et, en milieu de matinée, on a retrouvé le sac à main doré de sa fille, un peu plus loin sur le chemin, on ne sait pas trop comment il a fini là, mais il y avait ses papiers d'identité avec une photo récente et…

— Une tenue, ça ne veut rien dire. C'est n'importe quoi ! Et les papiers, on a dû les lui voler et…

— Et puis Madame, Tom nous a parlé d'une cicatrice au poignet.

La voix la décrit, c'est la cicatrice d'une ostéosynthèse par broches. Marie-Claire revoit la fracture ouverte, le sang, la main pendante et l'os à nu. Puis l'air coupable de son Iris, si courageuse malgré ses sept ans, *Désolée maman, je suis montée sur un olivier et je suis tombée. Je crois que je me suis cassé le bras.*

Après ça, Marie-Claire n'a plus bougé, comme pétrifiée, jusqu'à l'arrivée du policier en uniforme qui s'appelle Jérôme. Il l'a soutenue jusqu'à la voiture. *On va passer au commissariat avant…* Le jeune homme n'a pas fini sa phrase. *Avant quoi ?* Il ne répond pas. Avant d'aller reconnaître le corps de sa fille. Le corps d'une jeune fille sur une table blanche. Elle va s'approcher et ce ne sera pas Iris. C'est impossible que ce soit elle. À cet instant, Marie-Claire se foutra bien des parents de la jeune fille inconnue, de l'inconnue elle-même, des larmes et des cris des autres. Elle ne sera pas chrétienne, seulement soulagée quand elle dira : *Ce n'est pas Iris. Ce n'est pas ma fille.* Le commissaire Roux sera navré de cette terrible confusion, elle l'excusera sans peine. Elle l'écoutera même se plaindre des difficultés du métier, des horaires, des horreurs… Mais il y a cette cicatrice sur l'avant-bras qui mesure exactement 12 centimètres de long et qui dessine la lettre T à la jointure du poignet. Quand le véhicule s'arrête devant le commissariat, Marie-Claire sent la vibration de son téléphone contre son ventre. Elle ouvre son sac qu'elle a posé sur ses genoux et regarde l'écran. *Merci pour cette nuit.* Cette nuit… Cette nuit, elle était avec un homme, elle se laissait caresser partout, elle aimait ses mains et cette bouche attentives et généreuses. Elle avait oublié tout ça, elle ne l'avait, plus exactement, jamais vraiment connu avec Erwan, même si les premiers temps il avait sans cesse envie, une envie si pressante qu'il lui écartait les jambes après deux misérables caresses pour s'enfoncer en elle. C'était trop rapide, répétitif, toujours les mêmes ahanements et la crispation finale de sa mâchoire. C'était du sexe morne et conjugal. *Merci pour cette nuit.* Des frissons lui parcourent l'échine sous l'afflux des images encore si vives. Puis l'horreur lui remonte violemment à la gorge. Elle s'appuie d'une main à l'épaule de Jérôme, se plie en deux et vomit devant l'entrée du commissariat. Cette nuit, alors qu'elle s'abandonnait comme jamais à son plaisir, alors que le rectangle du lit rétrécissait son espace mental, Iris a été percutée par un chauffard. Dans la matinée, alors que Marie-Claire dormait encore entre les bras d'un homme, le corps de sa fille avait déjà amorcé son processus de pourrissement dans une chambre froide. Iris est morte ce matin à 8 heures et elle n'a rien senti. Elle ne s'est pas réveillée sous l'impulsion d'un cauchemar. Rien. Quand le cœur de sa fille a cessé de battre, le sien a continué de marquer les secondes, 60 battements par minute selon son dernier électrocardiogramme, un cœur plutôt lent, plutôt fiable si l'on se fonde sur l'hérédité et les centenaires qui font la fierté de sa lignée. Quand Marie-Claire a ouvert les yeux, sa seule crainte était alors que sa cousine Christine n'apprenne qu'Iris avait découché et la traite de dévergondée, de fille perdue. Ce matin, Iris est morte, elle est morte seule, inconnue, sans papiers et sans identité. Elle est morte sans sa mère auprès d'elle pour la bercer une dernière fois. Marie-Claire en veut à la police, elle en veut au monde entier. Elle en veut à Jacques. Pourquoi a-t-il fallu qu'elle le rencontre à ce moment-là ? Quand Jérôme lâche son bras, elle se laisse tomber à quatre pattes dans le bureau du commissaire Roux, elle pousse un long hurlement de louve et se cogne la tête contre le sol. L'un des deux hommes la ceinture, la relève de force et la serre contre lui. *Respirez ! Respirez !* Elle est en apnée, les jambes molles, prête à retomber si on la lâche. *Respirez ! Madame Le Barth, vous m'entendez ?* Elle reste un moment les yeux fermés. *Respirez, Marie-Claire !* Elle a déjà entendu cette injonction. *Respirez !* lui intimait-on, alors qu'elle criait sur la table d'accouchement pour expulser Iris sans péridurale. Au prix d'un effort monstrueux, elle fait pénétrer l'air dans ses poumons. Une odeur de tabac froid, de sueur acide et de renfermé. Quelqu'un l'assoit. Quelqu'un lui tend un calmant, qu'elle refuse d'abord, puis qu'elle finit par avaler. Elle regarde le commissaire Roux et dans un murmure :

— Ce n'est pas possible, qu'est-ce qu'elle aurait fait toute seule la nuit sur un chemin désert…

XIV

Jeudi 13 juillet

Lisa ne me parle toujours pas mais je sais qu'elle sera à l'enterrement. Elle a donné rendez-vous à Adèle à 14 heures. Comme la porte de sa chambre était ouverte, j'ai écouté la conversation. Moi, j'ai posé un après-midi de RTT, on ne pouvait pas me le refuser. Les heures supplémentaires, je connais. Ça n'arrange pas Liliane qui va se retrouver seule jusqu'à 18 heures au prêt et au retour. Elle boudait quand je lui ai souhaité un bon appétit sur le parking de la médiathèque, mais je m'en moque. Moi, je n'ai rien mangé. J'ai gobé le quart d'un Lexomil d'abord, puis un autre. Finalement j'ai pris le cachet en entier. Lisa est sortie de sa chambre à 13 heures 30 dans une robe noire que je ne lui connais pas. C'est une robe à bretelles, courte et moulante. Elle avait des Dr. Martens aux pieds, des écouteurs aux oreilles, du noir partout, aux yeux et aux lèvres. J'ai failli lui dire, ce n'est pas décent pour un enterrement. Je me suis retenue. Elle ne m'aurait pas écoutée. Et qui je suis pour lui dire ça ? Je ne sais plus qui je suis. Il me reste une heure à tuer. Peut-être un peu de ménage ou une sieste sur le canapé, j'ai si peu dormi ces dernières nuits. Au moment où j'enlève mes sandales pour m'allonger, j'entends tinter la grosse cloche en étain que j'ai installée devant le portail. Ma mère avait bien ri : *Tu te crois dans un manoir élisabéthain ?* Vexée, je m'étais dit que j'allais remettre une sonnette quelconque pour ne pas subir ses moqueries à chaque visite, mais finalement je ne l'ai pas fait. Par la baie vitrée, je reconnais Margot. Qu'est-ce qu'elle fait là ? Maxime est parti à l'aube pour une journée en mer sur le voilier d'un ami. C'est ce que je dis à la jeune fille, alors que nous nous faisons face, de part et d'autre du portail. Oui, elle a vu la story qu'il a postée sur Insta, c'est justement pour ça qu'elle est venue récupérer ses affaires aujourd'hui. *Vous êtes au courant, hein ? Il vous a tout raconté ?* Mon pouls s'accélère. Margot sait ce qu'a fait Maxime. Non, ce n'est pas possible. Elle attend que je dise quelque chose, mais je suis incapable de parler, la langue lourde et molle comme un mollusque mort. *Il vous l'a dit hein, qu'il m'avait quittée.* Je confirme d'un hochement de tête et attends qu'elle ajoute quelque chose. Mais rien. Rien sur l'accident. Évidemment. Comment aurait-elle su ? J'ouvre le portillon, les mains tremblantes. Dans la maison, elle enlève ses lunettes de soleil et je vois ses yeux rougis, bombés comme des coquilles de noix. Je lui emboîte le pas dans l'escalier et j'entre après elle dans la chambre de mon fils. Et si elle s'apprêtait à voler quelque chose par vengeance ? Pour me justifier de l'avoir suivie, je lui demande si elle a besoin d'aide pour retrouver ce qu'elle cherche. À ce moment-là, elle repère un sac en toile. Elle s'assoit sur le lit et en déballe le contenu comme pour un inventaire. Il contient une brosse à cheveux, un grand tee-shirt de nuit, des tongs violettes et une barrette couleur écaille. Margot se met à pleurer.

— J'avais peur que ça ne dure pas quand il partirait à Paris mais je n'aurais jamais cru qu'il me jetterait, comme ça. Vous vous rendez compte ? Je lui ai dit que j'avais trouvé une alternance pour ma licence pro et qu'après, si ça se passait bien dans l'entreprise, je pourrais avoir un CDI. Il m'a dit, « je ne comprends pas que tu puisses te contenter d'un CDI dans une petite boîte de province ». Et il a ajouté, « tu manques vraiment d'ambition ». Je lui ai dit que je pourrais transférer mon dossier à Paris et chercher une autre entreprise… Là, il m'a coupée : « Margot, je suis pas amoureux de toi, je ne l'ai jamais été. On a passé du bon temps ensemble, mais je crois que là, il faut qu'on passe à autre chose. » Vous trouvez pas ça dégueulasse ? « Qu'on passe à autre chose » ? Vous savez quoi, c'est un cruel votre fils. Un sans-cœur.

Et si bas que je ne suis pas certaine d'avoir bien entendu : *Un monstre.*

Les yeux gonflés, les cheveux plats, les épaules en dedans, je la trouve pathétique. Je devrais lui dire des mots de consolation, la féliciter pour son alternance, l'assurer qu'elle trouvera quelqu'un d'autre, qu'elle sera heureuse, qu'elle est encore si jeune… toutes ces banalités cache-misère qu'on débite comme si forcément on avait une seconde chance, la vie devant toi, petite Margot, alors saisis-la à pleines mains ; mais non, c'est un mensonge de conte de fées tout ça. Margot aura une existence terne à la mesure de son insignifiance. Et puis, je m'en fous de son minable chagrin d'amour ! J'ai envie de déverser mon mépris comme un torrent boueux.

Pour qui elle se prend à attaquer mon fils ? Pour qui, alors qu'on l'a accueillie pendant des mois chez nous ? Je repense à tous ces dimanches matin où j'ai subi la présence de cette jeune fille avec laquelle je n'ai jamais eu la moindre connivence. Elle n'a jamais fait l'effort de nous connaître et maintenant elle traite mon fils de monstre parce qu'il a osé la quitter. Après le petit déjeuner, il la raccompagnait à la porte, et elle sortait immédiatement de nos vies, Maxime l'oubliait, ne la connaissait plus, ne parlait plus d'elle jusqu'à ce qu'elle réapparaisse le samedi soir, sortie de nulle part, comme pour satisfaire ses besoins primaires et lui permettre de se consacrer à ses études après cet intermède hygiénique.

Elle remet le tee-shirt, la brosse, la barrette et les tongs dans son sac. Cette fois-ci, c'est moi qui la précède dans l'escalier. Quand on arrive devant le portail, je me retourne et elle s'approche pour m'embrasser. Je recule involontairement au contact de ses joues mouillées de larmes et me force à sourire. Je ne sais pas pourquoi elle m'agace autant. Vite trouver quelque chose à dire pour prendre congé.

— Ça va aller Margot, ça va aller.

Mais elle se remet à pleurer.

— Merci Karine ! Vous êtes tellement gentille.

Je la regarde marcher sur le trottoir. Il fait chaud à crever, elle est courbée, presque ratatinée, repliée sur elle-même comme si elle voulait donner le moins de prise possible au soleil. Je me souviens l'avoir trouvée jolie, quand je voyais son corps léger s'élancer derrière Maxime pour le footing du dimanche. Maintenant, je la vois vieille, comme par une fenêtre ouverte sur demain, voûtée, la chevelure clairsemée qu'annonce déjà la blondeur terne de ses mèches plates. Je me rends compte que l'accident m'a rendue mauvaise, j'en veux à Margot pour la banalité de son drame, pour ce minable chagrin d'amour qui concentre tout l'égoïsme de ses vingt ans. Elle est vivante et elle ne le sait pas. Je lui en veux de ne pas mesurer sa chance, de pleurer sur son petit drame le jour de l'enterrement d'Iris. Elle se retourne, agite la main avant de reprendre sa progression vers un ailleurs où ni mon fils ni moi ne nous rendrons jamais.

En rentrant, j'hésite à appeler Maxime pour lui dire qu'elle est passée. Mais je me retiens. Il est parti faire du voilier. Il m'a dit qu'il en avait vraiment besoin, pour se changer les idées, souffler. Il a entendu Lisa parler de l'enterrement. Il souffre aussi, c'est sûr.

J'avais pensé me tenir à l'écart, regarder de loin l'arrivée du convoi funéraire ; mais je me suis approchée, finalement. Tapie contre le mur de l'église, dissimulée par les corps agglutinés et suants de ceux qui comptaient, coûte que coûte, assister à la cérémonie. Je me suis dit : *au moins, Lisa ne me verra pas*. Elle ne comprendrait pas que je sois venue. Elle me traiterait de folle. Je l'entends déjà, vénéneuse : *Putain, mais elle me suit maintenant. Et à un enterrement en plus !* Je l'ai vue de loin accompagnée d'Adèle, au moment où je pénétrais dans l'église. Heureusement qu'elles ne sont pas arrivées plus tôt. Il y avait trop de monde devant elles pour qu'elles aient la moindre chance d'entrer dans l'édifice, même pas possible de rester debout, au fond. J'ai eu l'une des dernières places sur un banc, dans une rangée du milieu. Avant l'arrivée du cortège, j'ai écouté les conversations autour de moi. Le père vient, paraît-il, de rentrer ce matin même de Pointe-à-Pitre. Il y avait une grève à Air France, certains vols ont été annulés ou retardés, il a failli ne pas pouvoir assister aux funérailles de sa fille.

Il n'y a plus un espace libre sur le cercueil couvert de fleurs. D'après la photo d'Iris, diffusée dans la presse, j'ai reconnu sa mère et l'une de ses sœurs, blondes, minces et classiques de traits et de tenue. La plus jeune des filles, cheveux courts, ébouriffés au gel, costume d'homme, dépareillait dans le cortège familial. Ma voisine de banc a dit à son mari, *tu as vu l'allure de Gaëlle, la benjamine !* Les grands-mères, tantes ou autres cousines portaient des perles au cou, des catogans ou des chignons à quatre épingles, du bleu marine plutôt que du noir. Ça marchait droit, drapé dans une dignité derrière laquelle je n'aurais pas pu dissimuler ma détresse si j'avais dû remonter l'allée de l'église, sous les regards curieux ou compatissants. Si l'un de mes enfants était couché là, dans cette boîte, j'aurais ingurgité une telle quantité de calmants que je n'aurais même pas pu sortir de mon lit pour l'accompagner jusqu'au cimetière. Et puis, la vision de la décomposition du corps hanterait mes nuits... Ou l'incinération ? Imaginer la peau qui cloque et éclate, les yeux qui explosent et coulent des orbites. *Oh, non.* J'ai poussé malgré moi un soupir sonore.

Pendant le sermon, la panique a gagné du terrain. J'ai cru que j'allais perdre l'équilibre. La vue brouillée, la gorge sèche, j'ai maintenant du mal à suivre le mouvement. J'essaie de me maîtriser mais impossible d'empêcher mes doigts de s'approcher de ma bouche et mes dents de tirer sur les cuticules et de rogner mes ongles. On s'assoit, on se lève, on baragouine. Je me concentre sur le sermon du prêtre. Il dresse un portrait élogieux de la jeune Iris, partie trop tôt mais dont l'exemplarité lui assurera, à coup sûr, un aller simple pour le paradis. Sans escale au purgatoire. À l'écouter, on pourrait presque croire que c'est une chance d'être rappelée si tôt par Notre Père Tout-Puissant. C'est salutaire de mourir avant les faux pas, avant toutes les tentations auxquelles la longévité nous expose. Plutôt que de vendre son âme au diable pour rallonger son misérable séjour sur terre, autant sacrifier l'ici-bas piégeux à l'au-delà providentiel...

Frères, nous ne voulons pas vous laisser dans l'ignorance au sujet de ceux qui se sont endormis dans la mort ; (quelqu'un gémit) *il ne faut pas que vous soyez abattus comme les autres, qui n'ont pas d'espérance.* (quelqu'un sanglote) *Jésus, nous le croyons, est mort et ressuscité ; de même, nous le croyons, ceux qui se sont endormis, Dieu, à cause de*

Jésus, les emmènera avec son Fils. Ainsi, nous serons pour toujours avec le Seigneur. (quelqu'un s'étouffe dans un cri contenu) *Retenez ce que je viens de dire, et réconfortez-vous les uns les autres.*

Je n'ai pas osé regarder la famille pendant tout le sermon mais je lève à présent les yeux et les pose sur le corps ramassé de la mère. C'est elle qui geint, les épaules agitées de spasmes, la tête dans les mains, comme Margot tout à l'heure sur le lit de Maxime. Ma voisine de gauche l'a nommée : Marie-Claire pleure enfin. Elle pleure comme je l'aurais fait à sa place. La dignité se fissure et le chagrin brut s'écoule par les failles, irrépressible et rassurant. Je me rends compte que moi aussi je pleure, sans pouvoir me retenir, je gémis trop fort sans doute, le père se retourne, sourcils plissés, vers l'origine de ce lamento qui fait un écho inapproprié au chagrin de la mère.

À la sortie de l'église, j'ai eu comme un trou noir. Je ne me souviens plus avoir marché jusqu'à ma voiture ni avoir mis le contact. J'ai dû suivre le convoi, en somnambule. À travers les grilles du cimetière, je vois maintenant la masse indistincte des douleurs rassemblées autour de la tombe, comme un seul corps. D'où je suis, je ne peux pas identifier les visages, mais à la ceinture du cercle, je reconnais ma fille, la manière qu'elle a de se déhancher quand elle est immobile, la manière dont elle s'ébouriffe les cheveux exprès. Dans ces gestes habituels, je ne peux rien lire de son chagrin à l'égard d'une jeune fille qu'elle connaissait à peine. Moi, je voudrais tant que ma propre douleur soit légitime. Serrer la mère d'Iris dans mes bras comme je le ferais avec une sœur. Si elle était ma sœur, je la tiendrais contre moi, je ne lâcherais pas sa main, je m'occuperais de tout chez elle, du sol au plafond, je lui ferais la cuisine, je tenterais tant bien que mal de prendre ma part de son chagrin. Mais je n'ai rien à faire là. C'est obscène. J'en prends conscience quand Lisa tourne la tête vers moi. Elle ne peut pas me reconnaître de si loin, mais elle peut reconnaître la voiture, au moins le modèle, avoir un doute. Et elle a une bien meilleure vue que moi. Dans ma précipitation à disparaître comme si je fuyais une scène de crime, je cale à plusieurs reprises et je m'évade.

XV

Après l'enterrement

— Mais qu'est-ce qu'elle foutait là, putain !

Lisa l'a dit entre les dents serrées, contre l'oreille d'Adèle.

— Mais qui ?

— Ma mère ! Je suis sûre que c'était elle ; c'était notre caisse. J'étais pas certaine que ce soit elle au volant, mais quand elle a démarré, j'ai vu le pare-chocs et l'aile enfoncés. Elle a eu un accrochage au supermarché, l'autre jour. C'est notre voiture, elle était là.

Adèle suggère qu'elle a peut-être confondu. Mais Lisa proteste :

— Tu te rends compte, elle me suit carrément jusqu'à un enterrement maintenant ? Elle devient de plus en plus tarée. Vivement que j'me casse loin d'ici.

Lisa surjoue sa colère mais elle panique aussi : elle ne comprend plus Karine et ça la trouble. Qu'est-ce que sa mère foutait là ?

Les filles ferment le cortège qui chemine péniblement sous le soleil. Adèle s'apprête à retrouver Léon qui l'attend sur sa moto, en face du cimetière. Dès qu'elle le repère, elle s'écarte de la procession et accélère le pas. Elle embrasse le garçon, enfile un casque et fuit la mort dans un bruit de moteur trafiqué. Lisa n'a pas le temps de vérifier les horaires de bus pour rentrer. Spontanément, Capucine lui propose de venir chez elle avec ses amis proches. Jusqu'alors, Lisa ne s'est pas considérée comme telle ; en y réfléchissant, elle se rend compte qu'elle a pourtant toujours apprécié la compagnie de cette blonde à l'air sage qui ne se faisait pas prier pour tirer sur un joint, à la pause, derrière le conservatoire. Avec Adèle, elles se mordaient les joues pour ne pas rire quand le cours reprenait. Mais dès les premières notes de *Messe pour le temps présent*, Capucine retrouvait sa concentration, déroulait ses membres souples comme du lierre. Lisa planait sur les Râgas indiens et, dans un rêve éveillé, regardait le solo de Capucine : les bras gracieux, ailés ; les pirouettes enchaînées ensuite avec la légèreté troublante d'un hologramme. Même Miller, leur professeur, connu pour son insatisfaction chronique, se taisait. À la fin du cours, il retenait Capucine : il fallait qu'elle passe des concours, qu'elle intègre des corps de ballets, qu'elle ne gaspille pas ce don dans un conservatoire de province. Elle haussait les épaules, comme si ça ne la concernait pas vraiment. Lisa l'admirait pour ça : pour la gratuité de sa grâce qu'elle leur offrait trois fois par semaine ; parce qu'elle ne s'enorgueillissait ni de sa beauté diaphane ni de ce talent qui lui était échu par hasard.

Dans la voiture des cousins où on l'a casée, Lisa se sent mal à l'aise. Elle prend conscience de l'outrance de son allure : noire et trop courte sa robe, noir son maquillage qui durcit les traits, noires et énormes ses Doc montantes, lacées sur ses jambes maigres. Et les piercings ! Elle s'en fout pourtant des cousins tout de vichy ou de bleu marine vêtus. Elle ne les reverra jamais. Personne ne parle. Elle se demande ce qu'elle fout là, mêlée à cette famille endeuillée. À la descente de voiture, elle suit le mouvement, pénètre dans un jardin que l'on pourrait plutôt appeler parc, rejoint Capucine, sa sœur et quelques jeunes, les amis intimes certainement, qui se sont regroupés dans un coin de la grande terrasse dallée. De plus en plus mal à l'aise, elle se demande encore pourquoi elle a accepté de venir, alors que Gaëlle lui colle d'office une citronnade trop acide entre les mains. Les gens, éparpillés en petits groupes, chuchotent, arborant des mines de circonstance. On s'essuie les yeux, on se mouche discrètement. Lisa ne peut détacher son regard de la mère d'Iris qui s'est assise devant une grande table de fer forgé. Une femme aussi blonde qu'elle lui tient la main sans rien dire. Marie-Claire n'a pas enlevé ses lunettes de soleil. Les larmes coulent sur ses joues et elle ne fait aucun geste pour les essuyer. Erwan s'approche d'elle et lui tamponne doucement le visage avec un mouchoir en tissu. À ce moment-là, comme si elle revenait à elle, comme si l'horreur en elle avait regagné toute la place que l'hébétude lui avait fait perdre, elle laisse échapper un cri, répète, *non, non, non* et cache son visage entre ses mains. Timidement, son mari effleure son épaule. Marie-Claire se lève d'un coup et entre en courant dans la maison.

Le père la suit, immédiatement rejoint par Gaëlle et Capucine. Sous la véranda, c'est le silence. Lisa regarde ses Doc usées qui auraient besoin d'un coup de cirage. Elle crève d'envie d'une cigarette mais elle n'a vu personne fumer, alors elle s'abstient. Qu'éprouverait-elle si elle apprenait que Maxime s'est fait faucher par un chauffard ? Pendant qu'elle essayait de sonder son cœur avec froideur, de se concentrer sur une scène de réunion familiale post mortem, d'imaginer Karine en mère éplorée et Maxime parti, Capucine est ressortie de la maison. Elle parle bas à Gaëlle et demande à quelques jeunes dont Lisa de les suivre. Derrière la maison, côté nord, il y a un kiosque à musique ancien qu'elles indiquent comme point de ralliement. Une fois à l'abri des regards, la benjamine sort d'un grand sac de plage une première bouteille de tequila qu'elle fait tourner après avoir bu une longue rasade au goulot. Elle précise qu'elle a fait des provisions. L'alcool fort passe de bouche en bouche et après quelques tournées, les sœurs se mettent à parler. Capucine a enlevé ses lunettes de soleil et Lisa a la gorge nouée en voyant ses beaux yeux rouges et gonflés. Les sœurs parlent d'Iris : elle pouvait passer des heures, la tête dans un roman, *toutes les semaines à la bibliothèque, je vous jure !* Iris et ses films à la con, Iris qui détestait le sport, Iris qui va tellement leur manquer… Capucine se remet à pleurer, la tête contre la poitrine de Lisa. Gaëlle s'essuie le nez avec le dos de la main, en soufflant : *Putain ! La vie est dégueulasse ! Et ce gros connard de Tom qui a laissé partir Iris seule dans la nuit. Heureusement qu'il s'est pas pointé à l'église.*

L'après-midi a filé, dilué dans l'alcool ; il est 21 heures et les jeunes sont toujours affalés sous la voûte du kiosque. Les sœurs ont refusé d'aller dîner en famille quand leur grand-mère est venue les chercher. Très digne, la vieille dame a rebroussé chemin, sans une remarque sur les bouteilles débouchées. Il y a eu des rires et beaucoup de pleurs, les cœurs chahutés par les cahots de l'ivresse. Gaëlle a vomi sur un rosier avant de s'endormir, écroulée sur les genoux d'un cousin. Les uns après les autres, les amis commencent à partir. Il faut aller coucher Gaëlle. Le cousin propose de s'en charger. Capucine aussi a trop bu pour marcher seule jusqu'à sa chambre. Lisa, un peu plus claire, lui offre son aide. Il est déjà 23 heures, Karine a laissé dix messages. Et Jules un seul. En titubant, les deux jeunes filles arrivent à monter l'escalier jusqu'à la chambre. Lisa allonge son amie, lui enlève ses sandales et lui dit au revoir en marchant vers la porte. *Ne t'en va pas*, supplie Capucine d'une petite voix désespérée. Alors Lisa revient sur ses pas, enlève ses Doc et s'allonge à côté d'elle. Dans un dernier effort, avant que l'alcool et la fatigue ne la fassent sombrer, elle envoie un message à sa mère : *Je dors chez Capucine.* À Jules : *Pas le temps de t'appeler. Enterrement d'Iris.* Elle revoit l'air réprobateur de Karine au moment où elle s'est dirigée vers la porte pour aller rejoindre Adèle. Sa mère a pensé tellement fort qu'elle n'a même pas eu besoin de parler : *tu vas aller à l'enterrement accoutrée comme ça ?* Lisa s'en fout, elle a l'habitude d'être douchée à froid par le regard impitoyable de sa daronne. Mais sa mère a affiché cet air-là quelques secondes seulement. C'est ce qui a suivi qui a mis Lisa mal à l'aise. C'est le regard perdu, dévasté même de sa mère qui semblait la traverser comme si elle voyait arriver, au-delà d'elle, une catastrophe ; un tsunami, un nuage radioactif ou la horde des zombies de l'apocalypse. Il s'est passé quelque chose, Lisa ne sait pas quoi mais elle le sent depuis dimanche matin. Sa mère est changée, elle a changé. Elle s'était habituée à la routine du conflit, dont elle rejetait toute la responsabilité sur ses parents, sur sa mère en particulier. Devant eux, Lisa ne reconnaissait jamais ses torts, elle affichait une mauvaise foi toute adolescente. Parfois, elle sentait confusément qu'elle faisait tout pour aller au clash, mais elle ne l'aurait avoué à personne et surtout pas à elle-même. Mais dimanche, c'est Karine qui a dérapé pour une histoire de fruit pressé. Dans un demi-sommeil, Lisa se pose à nouveau la question à laquelle elle n'a pas osé répondre : *qu'est-ce que je ressentirais si j'apprenais que Maxime s'est fait faucher par un chauffard ?*

XVI

vendredi 14 juillet

Il est 23 heures, j'attends des nouvelles de Lisa. Je ne tiens pas en place. Je commence à trier des vêtements aux relents de naphtaline dont je m'étais promis de me débarrasser depuis longtemps. Il fait nuit et ma fille n'est pas rentrée. Je lui ai pourtant laissé plusieurs messages vocaux. *Rappelle-moi Lisa. Lisa s'il te plaît, dis-moi où tu es.* Et des SMS de plus en plus pressants. *Je m'inquiète, donne-moi des nouvelles. RAPPELLE-MOI, STP.* Je me raisonne. Il ne lui est rien arrivé. Elle est avec Adèle. Elle m'en veut et me fait languir exprès. Je vais compter jusqu'à 100, et à 100, elle me répondra.

Fabien me surprend, entourée de pulls d'enfants, assise par terre, mon portable, qui vient enfin de vibrer, dans une main : *Je dors chez Capucine.* Soulagement.

— Tu feras ça demain Karine, viens au lit. Si tu voyais tes cernes…

Je le suis dans la chambre. À peine Fabien est-il couché, que ses expirations s'allongent et font trembloter ses lèvres. Peu à peu, les vibrations se muent en d'agaçants sifflements. De toute façon, je ne risque pas de dormir. J'ai épuisé ma maigre réserve d'anxiolytiques et de somnifères. Demain, c'est férié, après c'est le week-end, mais dès lundi, j'irai m'en faire prescrire une nouvelle boîte. Sans le secours de la chimie, je suis assaillie de pensées et d'images parasites. L'enterrement d'Iris. Je vois sans arrêt le visage livide de sa mère, Marie-Claire, que l'on a dû elle aussi abrutir de calmants. Je pense à ses filles, Capucine et Gaëlle, et à Lisa, trait d'union entre nos deux familles fracassées. Mais l'une des mères pleure sa fille quand l'autre doit taire ses tourments.

Je regarde défiler les chiffres lumineux sur le cadran du réveil : 23 h 55, 23 h 56, 23 h 57, 23 h 58, 23 h 59.

Vendredi 14 juillet, 0 h 00. Vendredi 14 juillet, 0 h 01. Je me lève, je marche vers la chambre de Maxime, j'ai besoin de parler de l'accident, j'ai besoin de savoir ce qu'il ressent. Depuis cette nuit-là, il ne m'en a pas dit un mot. Il sort, il fait de la voile, il joue en ligne. Peut-être qu'il a besoin de s'agiter, de s'étourdir pour évacuer sa culpabilité. Il faut que je lui parle maintenant, que je sache qu'il a mal lui aussi, je n'en peux plus et il est mon seul interlocuteur, après tout. J'ai bien failli réveiller Fabien, j'ai même pensé déposer mon fardeau dans l'oreille anonyme d'un psychiatre mais le médecin aurait insisté pour que je force mon fils à se livrer. Je lui aurais parlé de la chemise. Il m'aurait empêchée de m'en débarrasser, aurait mis les mots d'« homicide » et de « preuve ». Je n'aurais pas pu le supporter, impossible. Je n'ai toujours pas dit à Maxime que je n'avais pas brûlé cette chemise. Je n'ai pas pu. Chaque fois que je m'approche du garage, je sens, à la moiteur de mes mains, la crise de panique qui vient. C'est comme si une bête infâme sommeillait dans l'ombre, délicatement cachée sous de jolies nappes et serviettes en papier.

Dans la chambre, seul l'écran d'ordinateur troue l'obscurité et projette sur les murs, par intermittence, des éclairs bleutés, au rythme des tirs de kalachnikov. C'est encore la même scène de guerre, les mêmes corps mutilés que le soldat vainqueur sème sur son passage, le même acharnement des doigts sur les touches.

— Max. Maxime. Maxime !

Il m'entend enfin, enlève son casque, se tourne vers moi et allume le plafonnier. Je ne sais pas par où commencer et je répète son prénom. *Maxime...*

— Oui, maman, qu'est-ce qu'il y a ?

Il y a que je ne peux pas dormir, que j'étouffe, que j'ai envie de hurler... Non, ne pas dire ça. J'inspire profondément :

— Maxime, comment vas-tu ?

— On fait aller.

— Tu n'arrives pas à dormir non plus ? Tu penses à l'accident...

— Oui, évidemment. J'essaie de me changer les idées...

— Et tu y arrives ? Moi, je n'arrête pas d'y penser, Max.

— Maman, je n'ai pas envie d'en parler. Pas maintenant. Tu devrais prendre un truc pour dormir ou pour te détendre. Et puis, on ne peut plus rien faire, tu sais. On ne peut pas revenir en arrière. Tu m'entends, maman ?

Maxime se lève de sa chaise, m'embrasse sur les joues et me conduit doucement vers la porte comme si j'étais une enfant qu'on renvoie au lit après lui avoir assuré que ce n'était qu'un cauchemar. Je suis sidérée. Comment peut-il être si calme ? Renvoyer l'accident dans le passé ?

— Allez, va te coucher, moi je vais me remettre à jouer ; j'en ai besoin. Ça me défoule.

Je sens mes dents se serrer et mes yeux pleins de colère et d'épuisement se remplir de larmes. Je me retiens d'ouvrir à la volée la porte que mon fils vient de refermer et de hurler : mais tu ne ressens donc aucune culpabilité ? Tu as tué une fille et à cause de toi nos vies sont foutues ! Je ne te reconnais plus, Maxime ! Mais qui es-tu ?

SECONDE PARTIE

I

Le mois d'après

Liliane m'a souhaité de bonnes vacances avec un air entendu. Depuis la mi-juillet, il ne s'est pas passé un jour sans qu'elle me fasse des remarques sur mon état. *Tu as l'air fatiguée, Karine. Tu dors bien en ce moment ? Tu as une petite mine. Tu devrais faire des analyses, tu as peut-être des carences ? Tu es sûre que ça va ? Tu as maigri, c'est pas croyable… Tu te ronges encore les ongles ?* Elle voit bien que je vais mal. Comme je suis toujours restée évasive, elle a fini par conclure que j'avais vraiment besoin de vacances. Je n'ai plus faim, je ne mange plus avec elle dans le jardin derrière le bâtiment de la médiathèque. *Notre havre de paix,* répète-t-elle immanquablement quand nous nous posons sur le banc gris pour notre collation méridienne. Depuis l'accident, je me contente d'un fruit, d'une barre de céréales que j'avale à la va-vite avant de filer vers la réserve pour étiqueter des livres ou passer des commandes. Je prétends être en retard mais elle sait que je mens. Elle me connaît bien même si ce n'est pas une amie intime. Je n'en ai qu'une, Ludivine, et je ne la vois que deux fois par an : en août, lorsqu'elle revient chez ses parents pour les vacances, et l'hiver, quand nous passons une semaine ensemble à la montagne. Avec Liliane, on n'est pas vraiment proches, je n'ai jamais réussi à me lier à elle. Elle me propose souvent des sorties filles : resto, karaoké ou boîte de nuit. Il faudrait alors être délurée, parler fort, regarder les hommes avec insistance, se laisser un peu peloter sur la piste, les embrasser ou davantage parfois. Elle appelle ça ses « parenthèses ». Quand j'y participe, je ne suis jamais vraiment en phase.

De temps en temps, nous invitons Liliane et son mari à dîner à la maison et là, elle en profite pour me proposer ces fameuses virées. Fabien ne se doute de rien et insiste avec elle. *Sors, Karine, amuse-toi !* Alors deux ou trois fois l'an, je joue à m'amuser, selon les critères de ma collègue : je mets des talons trop hauts, du fard sur mes paupières, une robe un peu plus courte qu'à l'ordinaire, j'avale quelques verres cul sec, je ris trop aigu, je finis par danser quand j'ai assez bu pour sortir de ma réserve. À force de jouer à m'amuser, parfois j'y parviens, mais le plus souvent, je me vois d'en haut comme si j'observais mon corps un peu plus lourd que l'année précédente qui fait comme il peut pour suivre le rythme. Fabien me rassure, *Tu es belle mais tu ne le sais pas !* Il me l'a toujours dit, il me le répète encore, surtout quand je fais un effort, et quel effort, pour passer inaperçue parmi les Liliane de la nuit.

Les vacances débutent le 22 août. D'habitude, je trépigne d'impatience, mais cette année je me demande comment je vais pouvoir supporter l'absence de soutien d'un emploi du temps routinier. Les années précédentes, je prenais même mes congés un peu plus tôt et nous partions à l'étranger tous les quatre. Cette année, avec l'installation de Maxime à Paris, j'ai préféré éviter les dépenses. *Tu es trop inquiète,* a ronchonné Fabien. *On a de l'argent de côté quand même.* Je lui ai rappelé qu'on ne savait pas ce que ferait Lisa dans un an. Il a cédé de mauvaise grâce. Je suis soulagée finalement de ne pas avoir à planifier un voyage, à aplanir les rugosités, pour équilibrer les réticences des uns et les plaisirs des autres : visite d'un musée, compensée par une journée dans un parc d'attractions. Visite d'un site architectural pour Fabien contre tournée des fripes pour Lisa.

Cette année, nous restons à Toulon mais je ne vais pas pouvoir me terrer pour autant entre mes murs et ne sortir que pour courir comme une enragée. Tous les étés, en août, au retour de nos vacances, on fait un grand barbecue, avec famille et amis. Fabien aime ce rituel. On profite que Ludivine soit en vacances ici. Nos maris ont fait du volley ensemble à l'adolescence et s'apprécient encore suffisamment pour réunir nos deux familles tous les ans une semaine à la montagne. C'est d'ailleurs Fabien qui a présenté Axel à Ludivine. En février donc, nous louons un chalet dans une station des Pyrénées. Ludivine et moi aurions rêvé que nos filles deviennent inséparables, mais dès la fin de l'enfance, elles ont commencé à s'ignorer comme si chacune avait été pour l'autre aussi digne d'intérêt qu'une poupée de cire. Depuis deux ou trois ans, Lisa fait un cinéma de tous les diables pour qu'on la laisse chez ma mère plutôt que d'aller « s'emmerder » à la montagne. Cette année, il s'en est fallu d'un rien pour que Fabien ne cède, mais l'an prochain, c'est sûr, nous partirons sans elle. Si on part où que ce soit… Je me demande comment je peux penser à notre prochain séjour au ski. Comment je peux croire que la vie banale et bénigne va reprendre son petit cours, cahin-caha, comme si de rien n'était, comme s'il était encore légitime de se disputer avec Lisa au sujet de vacances en famille.

Avec le soutien des anxiolytiques, des somnifères et des footings éreintants, j'ai jusque-là réussi à tenir ma panique en respect. Même quand il est question de l'enquête dans la presse. *Mort d'Iris : l'enquête piétine. Censées filmer le parking, les caméras de surveillance en panne n'avaient pas été réparées. Les analyses des traces de pneus sur les lieux de l'accident n'ont rien donné.* Il n'y a qu'une fois où je me suis laissé submerger par l'effroi : c'était quelques jours après l'enterrement. Je nettoyais l'évier machinalement quand une voix m'a tirée de ma somnolence médicamenteuse. Je me suis retournée et Iris était devant moi, grande, blonde, souriante. En vie. *Bonjour madame.* Sidérée, je n'ai pas répondu. J'ai lâché mon éponge et j'ai dit : *Non ! Ça va Maman ? Maman ?* a répété Lisa. J'ai perçu l'agacement dans sa voix. Puis radoucie, inquiète peut-être, elle a ajouté : *Maman, tu te souviens de Capucine ?* Je me suis enfin reprise. *Ah oui, bien sûr, pardon, j'étais dans mes pensées. Bonjour Capucine, comment vas-tu ?* J'aurais dû lui présenter mes condoléances mais les mots ne venaient pas. Je stagnais devant le frigo. Lisa m'a dit qu'elles voulaient goûter, alors je me suis poussée. En sortant de la cuisine, j'ai croisé Maxime qui y entrait. Très à l'aise, il a lancé à la cantonade, *Salut les filles.* Je ne crois pas qu'il ait remarqué la ressemblance de Capucine avec la fille qu'il n'a vue qu'un instant dans la nuit du 8 juillet. Pourtant, il aurait dû le marquer à tout jamais, le visage de sa victime. Mais Maxime a tout fait pour l'oublier. Il n'a certainement pas passé des heures sur son ordinateur, comme moi, à l'affût du moindre article sur l'accident, de la moindre photo d'Iris vivante. Il s'est servi un jus d'orange et s'est installé pour le boire dans le canapé du salon. Je suis venue m'asseoir près de lui pour lui parler encore, pour lui demander s'il avait compris que Capucine était la sœur d'Iris, mais il a vidé son verre d'un trait et m'a dit qu'il rejoignait une amie aux plages et qu'il rentrerait tard.

Ces dernières semaines, je l'ai observé à la dérobée dès que j'en avais l'occasion. Je me suis persuadée qu'il allait craquer, que quelque chose allait se briser en lui, que l'accident avait ouvert une brèche qui finirait par le terrasser. J'ai même espéré qu'il s'effondre, pour qu'on puisse se relever ensemble, qu'on puisse parler et qu'on essaie de survivre à la mort d'Iris. Il est peut-être comme les poulets auxquels on a coupé la tête et qui continuent à courir, par une farouche habitude des nerfs, avant de s'écrouler d'un coup. À plusieurs reprises, j'ai essayé de le questionner pour savoir ce qu'il ressentait, mais il est toujours resté évasif, il abrégeait la conversation parce qu'il avait à faire, parce qu'il n'avait pas envie de parler ou était pressé, comme aujourd'hui. Je voudrais tant qu'il me parle, j'ai besoin de savoir qu'il prend sa part de douleur. La seule fois où il a vraiment réagi, c'est quand il m'a demandé ce que j'avais fait de la chemise. Je lui ai dit que je ne m'en étais pas encore occupée, que j'allais la laver. Lui, habituellement si calme, est rentré dans une colère qui m'a terrifiée :

— La laver ? Mais tu es complètement folle ! Il fallait la brûler. Tu aurais dû t'en débarrasser tout de suite. C'est pas grand-chose pour toi ! Pourquoi tu l'as pas fait ? Tu veux me mettre en danger ou quoi ? Tu imagines si on la retrouve ? Il faut la détruire, tu comprends ? Tu avais promis que tu le ferais !

J'ai promis que je le ferais, c'est vrai. J'ai promis, mais je ne l'ai toujours pas fait.

Dehors, le soleil agressif assèche la pelouse. Impossible de trouver de l'ombre à cette heure. *Il est canon ton frère,* a dit Capucine. Je l'ai entendue depuis le couloir. Puis elle a eu un petit rire, un rire d'adolescente un peu excitée. *C'est un naze*, a dit Lisa. *De toute façon, j'ai déjà quelqu'un,* a fait remarquer Capucine. Ma fille a voulu savoir qui c'était et son amie a répondu que c'était un secret. Je me suis alors demandé comment elle pouvait… comment elle pouvait être amoureuse, se laisser aller à la légèreté ; puis ça m'a rassurée, qu'elle puisse justement. Qu'elle se détourne, même pour quelques minutes, de l'horreur qui doit revenir en boomerang chaque fois qu'elle dirige son attention vers un ailleurs, un lendemain où sa sœur n'est pas. *N'empêche, il est pas mal, ton frère.* Si elle savait… J'ai été secouée d'une violente nausée. Depuis l'accident, j'ai sans arrêt des remontées acides. Lisa a grogné, comme si ça lui déplaisait que son amie puisse trouver Maxime beau. J'ai vu mes enfants s'éloigner l'un de l'autre au sortir de l'enfance. Je me demande s'ils se donneront des nouvelles après l'été, quand Max sera à Paris. Je crains que non. J'espérais pourtant leur avoir offert une vraie vie de famille, un foyer heureux pour leur permettre de s'y aimer : une maison individuelle, des vacances tous ensemble, le ski l'hiver pour rentrer bronzés comme des privilégiés, une ou deux semaines dans une grande ville européenne l'été, pour un vernis de culture, qui civilise, et dont il restera forcément quelque chose, juste ce qu'il faut, une patine discrète qui lustre les bas instincts. J'ai voulu l'équilibre, à tout prix, au point de sacrifier ma vie intellectuelle ou ma réussite professionnelle au profit de ce bonheur familial. J'aimais étudier pourtant, je me coupais de tout quand je me plongeais dans les livres. J'ai rencontré Fabien et j'ai assez vite abandonné mes études sans terminer mon DEA de Lettres modernes. Au début de notre relation, quand on envisageait à demi-mot notre avenir commun, il m'avait posé une question sur « la suite » :

— Tu ne veux pas être prof. Qu'est-ce que tu vas faire, alors, après ta thèse ?

Je venais de lui dire que je détestais prendre la parole en public.

— J'aime lire des livres, des articles. Ça ne me fait pas peur de rédiger un mémoire de plusieurs centaines de pages.

Il m'a rappelé qu'il faudrait forcément que j'enseigne, si je voulais vivre de « ça ». Et ce n'était même pas sûr que j'aie alors un poste à la fac. Il fallait que je sois lucide. Et je l'étais. J'étais sérieuse, mais brillante, non. Un peu laborieuse même, parfois. Être prof dans un collège ou un lycée ? Je voulais ça ? Il avait poursuivi : *Alors Karine, t'as un plan B ?*

J'ai finalement passé un concours de catégorie B pour entrer dans la collectivité territoriale. L'année d'avant, Fabien avait fini ses études de géomètre. Son plan de vie était plus assuré : monter sa boîte, acheter une maison, faire des enfants. Ma mère a secoué la tête avec un air atterré quand nous lui avons exposé nos projets de mariage et d'avenir. Je ne sais pas ce qu'elle espérait pour moi. J'ai compris en tout cas qu'elle aurait préféré que je fasse une thèse et que je choisisse de me glisser entre les pages des livres plutôt que de me coucher dans le lit d'un homme sans ambition ni fantaisie. J'étais furieuse qu'elle se permette de me juger, elle qui n'avait rien réussi. Je lui avais jeté au visage ce qui me semblait être des vérités : elle avait raté son mariage, multiplié des relations vaines, extorqué sans vergogne une pension compensatoire à mon père et l'haussmannien, en prime ! Et son travail, parlons-en. Si elle s'était retrouvée à traduire des romans italiens, c'était grâce à sa mère : ma nonna florentine que j'avais peu connue avait eu la bonne idée de lui présenter un éditeur qu'elle avait pour ami. Il devait sans doute lui devoir un service. Au seul prétexte qu'elle était bilingue, ma mère était devenue traductrice. Un métier tellement rémunérateur que certaines années, elle avait même dû louer ma chambre et la chambre d'amis à des étudiants, m'obligeant, adolescente, à dormir ailleurs que dans mon lit ! Je l'avais blessée comme le jour où j'étais revenue du collège, en fin de cinquième, en lui disant que j'avais choisi allemand, pour être dans une bonne classe, au lieu de prendre italien, sa langue maternelle que j'avais toujours refusé de parler.

Quand j'ai claqué la porte de son haussmannien pour m'installer dans le petit appartement de Fabien, traînant ma valise dans la vieille ville, je me répétais que je faisais le bon choix. Je me persuadais que je ne ferais pas comme elle : disputes, insultes, divorce. Pour ma mère, la famille était mortifère. Je sais ce qu'elle en pense : la famille, ça asphyxie les femmes à feu doux. Lorsque j'avais vingt-deux ans, peu avant de rencontrer Fabien, je l'ai entendue raconter à une amie qu'elle s'était mariée enceinte de six mois. J'ai voulu savoir si c'était pour ça qu'elle avait épousé mon père, parce qu'elle avait dépassé les délais pour avorter. Elle a eu l'air mal à l'aise mais elle a prétendu m'avoir désirée. Je n'ai aucun doute, cette grossesse inopportune l'a contrainte au mariage. Pour moi, la maternité serait autre chose, je la choisirais. Pour ma mère, l'enfant est arrivé avant l'envie. Contrairement à elle, j'avais une place vacante au fond de moi, la place de l'amour maternel qui ne demandait qu'à s'exprimer. L'harmonie, ça devait être possible. Les petits déjeuners du dimanche où on se retrouve en famille. Parler de sa semaine, en peignoir et pantoufles, et rire aussi. Je rêvais cette vie-là quand j'ai rencontré Fabien, l'homme de la situation : un gars simple, prêt à se couler dans le moule préfabriqué des petits bonheurs en série. Mais le mécanisme s'est déréglé avec l'adolescence de Lisa et l'accident l'a irrémédiablement corrompu. La barque familiale dont je suis le médiocre capitaine a commencé à prendre l'eau. Dans la nuit du 8 juillet, elle a coulé à pic.

Un mois a passé depuis l'accident et j'erre comme une survivante. Je joue le jeu, mal, très mal, c'est même de pire en pire. Fabien commence à voir que quelque chose ne va pas. Par moments, je sens son inquiétude mais il la garrotte. Je fais ce que je peux pour maintenir les apparences. J'essaie de dissimuler les marques violettes sous mes yeux avec de l'anticernes, je ferme mes poings pour cacher ma peau boursouflée à la racine des ongles, là où mes cuticules ont été arrachées par des coups de dents incontrôlés. Le 16 juillet, quand Lisa a eu les résultats de son bac français, 15 à l'écrit et 19 à l'oral, on a bu le champagne comme si de rien n'était. Je l'ai entendue téléphoner à Adèle qui s'en est plutôt bien sortie elle aussi, puis à Jules qu'elle a remercié de les avoir aidées à réviser. Elle parlait fort, elle n'a pas cherché à s'éloigner de moi pour que je n'écoute pas sa conversation. Elle était heureuse, c'est si rare qu'elle manifeste sa joie en ma présence, qu'elle m'offre son rire que je n'entends plus que par hasard.

Maxime n'était pas là et je me suis surprise à penser que c'était mieux ainsi. On a trinqué tous les trois. Quelqu'un qui nous aurait vus de l'extérieur aurait pu se dire, *Tiens, voilà une jolie petite famille.* J'aurais tant voulu me réjouir vraiment de la réussite de ma fille... Dans un monde parallèle où Maxime ne serait pas né et où Iris serait toujours vivante. Lisa nous a raconté son oral, sa chance d'être tombée sur « À une passante », elle en a même récité quelques vers, les yeux brillants : « *Un éclair... puis la nuit ! Fugitive beauté dont le regard m'a fait soudainement renaître, ne te verrai-je plus que dans l'éternité ?* » Je me suis dit d'abord que je lui avais transmis quelque chose finalement, le goût des mots, moi qui lui lisais des histoires et des poèmes tous les soirs au coucher, quand elle était enfant. Ensuite, ça s'est mis à tourner en boucle dans ma tête : « un éclair... puis la nuit », « un éclair... puis la nuit », « un éclair... » sur un chemin sombre et désert, une passante, une voiture, un choc... « puis la nuit ». *À la réussite de nos enfants !* s'est écrié Fabien en levant son verre avec fierté. J'ai rassemblé mes dernières forces pour reprendre, *À nos enfants !* J'ai cogné mon verre contre celui de Lisa qui m'a souri. J'ai fait un pas vers elle, elle s'est laissé approcher et j'ai effleuré sa joue du bout des lèvres. Elle n'a pas reculé, comme je le craignais. Elle m'a serrée contre elle et elle a murmuré quelques mots. J'ai cru entendre « ma petite maman ». Fabien observait la scène d'un air ravi, comme si tout était réparé. Nos enfants réussissaient. Après le succès de Max, notre futur po-ly-tech-ni-cien (Fabien décomposait chaque syllabe), c'était à Lisa de nous offrir son premier retour sur investissement. Quand elle est sortie du salon, mon mari a levé son verre à nouveau : *Ils sont bien nos enfants !* J'ai senti ma gorge se contracter. Il m'a adressé un clin d'œil et son expression favorite, *Le choix du roi !*

La deuxième moitié de juillet a été caniculaire. Heureusement, la médiathèque est climatisée. J'étais bien occupée, nous avons eu plus de visiteurs que les étés précédents et j'ai passé mes journées à ranger les livres, passer les commandes, courir de tous côtés, pour penser le moins possible et échapper au bavardage de Liliane. Quand c'était l'heure de rentrer, je traînais des pieds, la dernière à partir. J'ai bien vu que ça contrariait le vigile mais je redoutais d'entendre la voix de Capucine en arrivant à la maison. Depuis l'enterrement, elle et Lisa sont très proches, comme si c'était ma punition : voir la réplique de la fille dont je bafoue chaque jour la mémoire, chez moi, pour me rappeler ce que j'ai fait. Je redoutais de l'entendre et pourtant, dès que je savais qu'elles étaient là, Lisa et elle, j'épiais leur conversation. La porte de la chambre était ouverte en grand, dans l'espoir d'un courant d'air, alors je restais dans l'escalier. À l'affût.

II

Le mois d'après

Capucine racontait tout à Lisa. Marie-Claire avait été envoyée dans une clinique des Alpes-Maritimes pour faire une cure de sommeil. Quant au père, il avait décidé de revenir vivre à la maison avec sa femme et ses deux filles. Il s'occupait de son déménagement à Pointe-à-Pitre.

— En attendant, ça se passe pas trop bien avec bonne-maman. Elle voudrait qu'on prie avec elle ; elle va à la messe tous les soirs à 18 heures. Elle n'insiste pas vraiment mais, pour elle, quand on est en deuil, on doit se cloîtrer chez soi… Je lui ai dit, « Elle nous manque à nous aussi Iris, tu peux pas savoir ! Elle manque à tout le monde… ». Au fait, j'ai parlé à Tom. Je ne sais pas comment il a eu mon numéro mais le lendemain de l'enterrement, il m'a laissé un premier message très touchant. J'ai rien dit à Gaëlle, elle est tellement impulsive, elle aurait été capable de lui donner rendez-vous et de le défoncer. Moi, je voulais vraiment savoir ce qui s'était passé, mais j'avais peur que ce soit trop dur… Il m'a dit qu'on pourrait se voir dès que je le sentirais. Alors hier, je suis allée boire un café avec lui. Il était dans un état. Il s'en veut à mort. Il arrivait à peine à parler tellement il était mal. Et pourtant, c'est pas de sa faute. Iris détestait danser. Il m'a expliqué qu'à la soirée il a retrouvé une copine, enfin juste une copine comme ça, qu'il n'avait pas vue depuis longtemps. Il est allé sur la piste avec elle. C'est pendant ce temps-là qu'Iris est partie. J'ai du mal à croire que ma sœur ait pu être jalouse. C'était quelqu'un de tellement calme. Mais bon, elle était secrète aussi. On ne se disait pas tout. Et donc, après deux ou trois morceaux, Tom s'est mis à la chercher. Le commissaire a dit à maman qu'il était resté à la fête jusqu'à ce que tout le monde soit parti. Il l'attendait. Il ne comprenait pas, il croyait qu'elle allait revenir. Comment il aurait pu se douter qu'elle était partie toute seule, à pied…

Capucine s'était mise doucement à pleurer et Lisa ne disait rien. Karine les écoutait depuis l'escalier. Elle imaginait sa fille prendre son amie contre elle pour la consoler et elle aussi sentait venir les larmes. Puis Lisa a dit, *Tiens,* elle avait dû tendre un mouchoir à son amie qui l'a remerciée. Ensuite Capucine a parlé de l'enquête : *Toujours au point mort. Et peu d'espoir qu'elle aboutisse.* Karine a pris une grande inspiration. Elle a pensé à la preuve qu'elle détenait dans son garage, à la chemise tachée du sang d'Iris, la seule pièce à conviction qu'il aurait fallu détruire pour qu'un jour, peut-être, la vie puisse reprendre son cours, comme un fleuve en crue finit par rentrer dans son lit.

— Le commissaire Roux est venu nous voir. Ma mère a insisté pour qu'il passe chez nous le week-end dernier, pendant sa « permission », comme elle dit. Pour elle, la clinique, c'est pire qu'une prison. (Capucine a reniflé et enchaîné.) Il était désolé, Roux, de ne pas avoir de piste. Il a convoqué tous les jeunes qui ont payé par carte cette nuit-là, il a même lancé des appels à témoin pour retrouver ceux qui avaient repris leur voiture entre 2 heures 30 et 3 heures 30 du matin. La dernière fois que Tom a vu Iris, c'était pendant « This is not a love song ». Le DJ a vérifié sa playlist ; il a passé le morceau vers 2 heures 20. Évidemment, Tom n'a pas prévenu la police quand il a constaté qu'elle avait disparu. Iris aurait très bien pu se faire raccompagner. Si seulement…

Karine se sent minable quand elle écoute les conversations de ses enfants mais elle ne peut pas faire autrement. Il faut qu'elle sache comment va Marie-Claire, comment va Erwan, comment vont les deux sœurs, comment on survit à l'absence. Parfois, l'envie est si forte qu'elle pose trop de questions sur les Le Barth. Elle se retient pour ne pas transformer la discussion en interrogatoire, mais elle profite que sa fille se soit rapprochée de Capucine pour glaner des informations au jour le jour. Elle sait que bonne-maman est rentrée chez elle depuis qu'Erwan a réintégré le foyer. Quant à Marie-Claire, la semaine dernière elle est revenue pour le week-end et elle doit quitter définitivement la clinique ces jours-ci. Karine a demandé à Lisa si elle l'avait vue, si elle avait maigri, si elle n'était pas trop abrutie par les médicaments… *Mamaaaan* ! *Pourquoi tu t'intéresses autant à eux ? C'est glauque !* Karine a compris alors qu'elle était allée trop loin, qu'elle ne tirerait plus rien de sa fille et qu'il faudrait être moins pressante la fois prochaine si elle voulait en apprendre davantage.

Le questionnaire de Karine a agacé Lisa sur le moment mais elle sent que sa mère est bouleversée par la mort d'Iris. Quand elle l'avait surprise de loin, devant le cimetière, le jour de l'enterrement, elle s'était dit, *Putain c'est du voyeurisme ou quoi ?* Mais maintenant elle voit bien que la compassion de Karine est sincère. Elle trouve sa mère trop émotive d'ailleurs depuis quelque temps, toujours au bord des larmes et stressée comme jamais. L'état de ses ongles le prouve, un carnage ! Lisa en a parlé à Maxime mais il lui a répondu que c'était peut-être son départ de la maison. Toujours à tout ramener à lui, celui-là ! Elle hésite à présent à en parler avec son père. Elle s'inquiète. Et si sa mère aussi finissait dans une clinique ?

III

Le mois d'après

On dirait que la colère de Lisa s'est apaisée. Il faut dire que j'ai lâché les vannes ; je laisse le tumulte de sa jeunesse s'écouler loin de la maison. Elle m'envoie des messages à la dernière minute : *Je reste dormir chez Capu.* On dirait qu'elle voit un peu moins Adèle. Comme Maxime est à Porquerolles, dans la maison de vacances d'une amie depuis une semaine, que Lisa passe en courant d'air, je ne cuisine presque pas. Fabien est satisfait : il se commande des sushis, des pizzas, réchauffe des surgelés ; ça lui fait plaisir que je me détende avec la bouffe, que je le laisse se choisir des plats ultra-transformés dans les rayons jusqu'alors proscrits de notre supermarché. Je me laisse couler.

Maxime fuit la maison. Maxime me fuit. Avant son départ pour Porquerolles, on venait le chercher au portail, on le ramenait au petit jour, il dormait jusqu'à midi, on venait le récupérer pour la plage, il réapparaissait en début de soirée, rinçait ses pieds ensablés avec le tuyau du jardin. Il montait les escaliers en courant, laissait l'empreinte de ses orteils mouillés sur le carrelage, parfois il me lançait un « salut 'man, je suis pressé », quand j'essayais d'engager la conversation. Pendant un mois, j'ai senti grandir ma colère. Elle est tapie en moi, prête à se jeter au visage de mon fils.

Quand j'entendais l'eau de la douche couler, je guettais l'ouverture de la porte de la salle de bains, en vain. À peine était-il prêt qu'il était déjà dehors, et en retard en plus. Une petite voiture bleue l'attendait dans la rue et démarrait à l'instant où il claquait la portière.

Impossible de le coincer. Pour me vider la tête entre les prises de médicaments que j'essaie de limiter et la médiathèque, j'ai repris la course. Fabien est admiratif, trois ou quatre fois par semaine, soit aux aurores, soit à la tombée du jour, je chausse mes baskets et je pars à la conquête de mon Everest. Il faut que j'atteigne le sommet de l'épuisement, que je suffoque, que j'aie quelques instants la certitude d'une mort imminente. Quand mes poumons brûlent comme si on les avait chauffés au fer rouge, quand le feu gagne tout mon corps, c'est comme si j'appuyais sur un disjoncteur pour couper les circuits de mes pensées. Seuls comptent alors le mouvement de la jambe que je lance devant sa jumelle, et ma prise de pouvoir sur mes membres récalcitrants qu'il faut forcer à aller de l'avant. En moins d'un mois, j'ai réduit la petite couche de graisse qui s'était installée insidieusement sur mon abdomen. C'est Fabien qui m'en a fait le compliment, un soir, alors qu'il me caressait dans le noir et que j'essayais, sans succès, de me laisser aller au plaisir. Pour me permettre d'oublier, je voudrais qu'il me fasse mal comme quand je cours à en crever, ma gorge de dragon crachant du feu, mes tempes battues par des pulsations meurtrières. Pour arriver à ce seuil critique où la vue se brouille, où je ne vois plus Iris, Marie-Claire et le cortège des Le Barth, juste avant que le cœur ne lâche, je dois courir de plus en plus vite. Un sprint effréné, en montée sur la corniche. Puis toujours, le second souffle ; et la descente vers la crique, enfin, où je me baigne dans le soleil levant. Je sème mes vêtements trempés de sueur sur les galets et je me jette à l'eau. Une torche vivante que la mer éteint. Je suis seule comme au premier matin du monde, dans l'eau lavée par les courants nocturnes.

Quand je cours le soir, je ne me baigne pas. Il y a trop de monde sur la plage, des familles qui piquent-niquent, des jeunes entassés : têtes posées sur des ventres brunis, cris d'enfants, rires et chahuts. Cette vie que j'ai oubliée, des souvenirs heureux dont Maxime m'a dépossédée en une nuit.

Maintenant, le 22 août est là et je ne sais pas quoi faire de moi. C'est toujours en août que je prends mes congés. D'habitude, dès le début du mois, je prépare le voyage estival : en réservant un peu à l'avance, on a des places assurées pour les attractions diverses que nous offrent nos lieux de villégiature. L'an dernier, malgré l'humeur instable de Lisa, notre séjour à Amsterdam a été plutôt réussi, grâce aux activités variées que j'avais programmées : vélo dans le Waterland, zoo royal Artis, Maison d'Anne Frank, musée Van Gogh. Et puis, pour faire plaisir à Fabien, une excursion en bateau sur les canaux avec fromage et vin pour seulement 19,50 euros par personne. Mon mari a fait un sort à la mimolette vieille à volonté. Ma fille a qualifié cette croisière de kitsch. *Y a qu'à voir qui la fait. C'est que des Chinois.* Je l'ai reprise : *Lisa, c'est du racisme primaire, ça.* Elle a confirmé : *Ben ouais, je les aime pas, c'est mon droit.* Ce n'était pas le moment de polémiquer, j'avais repéré un couple de Français qui déjà tournait la tête vers nous ; alors je m'étais tue et j'avais essayé de profiter du paysage. Mais c'était impossible parce que tous les touristes s'étaient installés contre les fenêtres et collaient leurs appareils photo sur les vitres. Le lendemain, Lisa s'émerveillait dans la serre aux papillons et poussait des cris. Et ce sourire d'enfance, sur son visage, comme une parenthèse entre laquelle ses dents blanches un peu grandes s'alignaient parfaitement. Et sa main enthousiaste qui serrait la mienne.

Maxime n'a pas compris la décision que j'ai prise de nous priver de nos vacances d'été, sous un prétexte économique. On n'avait qu'à partir tous les deux avec Fabien, au moins. Et puis, sa vie à Paris n'allait pas nous coûter si cher. On leur a toujours dit de ne pas s'en faire, aux enfants. Fabien est moins économe que moi et il me fait confiance pour gérer le budget. Toujours avoir une petite somme d'avance en prévision d'une chaudière qui lâche ou d'une boîte de vitesses à changer, comme l'an dernier. Finalement, grâce à mes économies, ces dépenses n'ont même pas nécessité un nouveau prêt à la consommation. À peine une petite maille dans notre bas de laine. Je me suis bien débrouillée.

Mon fils m'a aussi rappelé : *À l'X, on est payé dès la première année, dans les 900 euros brut. Je suis logé sur le campus pour 600 euros, maman. Vous n'aurez pas grand-chose à débourser !* « *À l'X*, l'a singé Lisa, *vous allez tous vivre ensemble. Comme ça, on reste entre soi, hein ! La future élite de la France !* Max sait garder un air détaché quand sa sœur l'agresse gratuitement, mais comme elle insistait, *Tu vas troquer tes chemises bien repassées contre un bel uniforme*, il l'a attaquée sur ses piercings, ses fripes de troisième main, sur tout ce noir dont elle se barbouille à l'envi. *Je t'ai vue t'entraîner avec Adèle pour la marche des zombies. Vas-y comme tu es, pas la peine d'en rajouter, t'es sûre de gagner, Crapaud…*

Quand je repense à ces scènes qui me contrariaient tant il y a un mois, j'en mesure maintenant la banalité. Presque la joie. Assise sur la première marche de l'escalier, je me prépare à aller courir pour me vider la tête. Je me suis remise à pleurer, sans m'en rendre compte, alors que les souvenirs de notre vie d'avant me revenaient. Je vois des gouttes couler sur mes baskets que je lace serré pour aller affronter la corniche. *Karine, tu es là ?* Je me frotte les yeux et descends l'escalier. *Mais tu pars encore courir ? Je voulais qu'on aille au resto pour fêter les vacances.*

Je promets qu'on ira demain, refermant déjà la porte sur les protestations de Fabien.

J'ai peiné à me mettre dans le rouge malgré mes accélérations dans la pente. Mon corps et mon cœur ont suivi le rythme sans manifester de signe de reddition jusqu'au dernier tiers de la montée. Enfin, j'ai mal, mes muscles se tétanisent ; les piétons sur la corniche se retournent en entendant mon souffle court et bruyant dans leur dos. Ils me regardent les doubler, étonnés peut-être de ma vitesse, visiblement inquiets de mon état limite : visage écarlate, corps en sueur, halètements de bête aux abois. Je dois faire peur. Je ne fléchis pas pour autant, j'accélère malgré les points lumineux comme des étoiles devant mes yeux, le sang qui bouillonne comme un torrent dans mes veines. Un ultime effort pour franchir les derniers mètres avant la descente bienvenue.

Comme toujours, je reprends mon souffle en descendant sur la crique, je slalome entre les baigneurs du soir qui se chauffent aux derniers rayons et regagne le sentier des douaniers. Jusqu'aux grandes anses du Mourillon, le chemin est désert, je cours à foulées légères, presque tranquille. Enfin, je ne pense plus à rien. Mais sur les plages artificielles, on dirait que toute la ville s'est rassemblée pour se baigner, pique-niquer, faire prendre l'air aux gosses. Je me souviens des soirées lointaines de juillet ; les enfants rentraient du centre aéré, Fabien et moi du travail. Lisa hurlait de joie quand j'annonçais qu'on allait pique-niquer aux plages. On faisait des parties de badminton sur le gazon jusqu'à ce qu'il fasse trop sombre pour voir le volant. Je cours sur l'allée piétonne entre la plage et les pelouses, parmi toutes ces insouciances, massées en groupes hétérogènes et joyeux. L'un d'eux attire mon attention. Ses membres insolents sont avachis autour d'une débâcle de cartons à pizza, cannettes de bière en main. Leur baffle portatif diffuse un rap américain agressif que Lisa m'impose parfois en voiture. Lisa ? Je ralentis pour vérifier. C'est bien elle, à moitié couchée, appuyée sur un coude. À sa droite, les sœurs Le Barth, à sa gauche, Adèle le dos calé contre le torse d'un garçon ; et d'autres jeunes encore, dont certains que j'ai déjà croisés par hasard avec ma fille. Elle me voit et se redresse d'un coup. Je me suis arrêtée de courir, les bras ballants, au milieu de l'allée. J'agite une main timide, Lisa me rend mon salut de loin. Je voudrais aller voir Capucine et Gaëlle, leur dire ce que j'ai fait, combien je suis désolée, mais je me rends compte de ma folie et reprends ma course à toute vitesse en puisant dans mes dernières forces pour mettre de la distance entre les filles et moi. Contenant mon envie de hurler, j'accélère avec frénésie, zigzague entre les promeneurs, les poussettes et les vélos d'enfants erratiques.

Alors que l'eau glacée me rafraîchit à l'extérieur, je brûle en dedans. Quand je sors de la douche, je bouillonne encore. C'est comme si on avait tenté de refroidir un œuf à la coque en le passant sous le robinet mais que la chaleur emmagasinée sous la coquille continuait de se diffuser jusqu'à la surface. Je regarde mon visage écarlate dans le miroir et ma poitrine toujours soulevée par les battements impétueux de mon cœur. Je suis en train de me sécher au ralenti pour tenter de faire baisser ma température et mon rythme cardiaque quand Fabien entre dans la salle de bains :

— Je savais bien que je t'avais entendue rentrer ! On a encore le temps pour le restaurant ; ça fait longtemps qu'on n'y est pas allés… On pourrait se poser un peu tous les deux ; j'ai l'impression qu'on ne se voit plus.

— Pas ce soir, je suis crevée, j'ai couru pendant une heure et quart, j'en peux plus.

— Karine, j'ai besoin de savoir. Dis-moi franchement ce qui ne va pas.

Préoccupé, il regarde mes doigts rognés.

— Mais rien, enfin.

Il déroule toutes les hypothèses, que j'invalide immédiatement : une maladie ? Un problème au boulot ? Lisa ? Ma mère ?

Il prend alors une grande inspiration avant de conclure :

— Est-ce que tu as quelqu'un ?

— Mais pas du tout !

Son air penaud me fait sourire et me touche. J'imagine l'effort qu'il a dû faire pour me poser cette question ; c'est bizarre dans sa bouche, cette expression galvaudée, qu'on entend dans les films ou les pièces de boulevard ou qu'on se chuchote d'un air entendu : « Vous savez quoi ? Eh ben, il a quelqu'un. » Ce serait presque risible si je n'étais pas sur le point de lui dire la vérité.

IV

Le 23 août

Il est déjà midi. Lisa se réveille avec un arrière-goût dans la bouche, le goût des bières et des cigarettes enchaînées sur la pelouse puis, plus tard, le goût de baisers troubles, salés de mer. Des images de la nuit s'entrechoquent dans son crâne douloureux. Et elle revoit le début de soirée, sa mère essoufflée, plantée au milieu de l'allée, le visage en feu, couvert de sueur ou mouillé de larmes. Elle revoit son pauvre salut, d'une main timide, et tout de suite après ses foulées rapides, comme pour fuir, alors même que Lisa s'apprêtait à marcher vers elle. Karine courant de plus en plus vite, imprudente, au risque de percuter poussettes et vélos.

Lisa l'a vue, au loin, quitter l'allée piétonne, s'élancer sur la route pour rejoindre la piste cyclable, sans ralentir ni anticiper les dangers de la circulation. Ça ne ressemble pas à sa mère, ça : courir comme une dératée au milieu des voitures, elle si raisonnable, si inquiète de tout. Elle a essayé toute la soirée de chasser le regard perdu de Karine, de se dire que ce n'étaient pas des larmes mais des gouttes de sueur sur son visage. Elle a mal vu, c'est tout. Et ce regard égaré, c'était la fatigue de la course. Sa mère se tape la corniche en courant, il faut le faire, c'est épuisant. Elles s'y sont attaquées quelquefois avec Adèle. Même pas la peine. À mi-chemin déjà, jambes de coton et cœur cognant, elles renonçaient. Elles se pliaient en deux, crachaient leurs poumons, elles faisaient pouce et riaient de leur échec.

Après le passage de sa mère, les rangs des promeneurs avaient commencé à s'éclaircir. Sur la plage, on ramassait les vestiges de pique-nique, on chassait les grains de sable entre les orteils des enfants, on s'habillait d'un rien, paréo, short, paire de tongs. Quand les familles ont enfin vidé les lieux, les jeunes se sont sentis chez eux. Ils ont migré de la pelouse à la plage et augmenté la puissance des baffles ; certains ont esquissé quelques pas de hip-hop, d'autres ont enchaîné sur des acrobaties. Jules se débrouille pas mal. Il a effectué des saltos arrière sans élan. Haletant, il s'est couché sur le sable, tout contre Lisa. Il respirait vite. Il a mis sa tête sur les genoux de la jeune fille et elle a caressé ses cheveux et son front en sueur. Il a fermé les yeux un moment, le souffle plus lent, le corps las après l'effort, avant de se souvenir soudain qu'il devait rentrer. Il avait promis à sa mère de l'accompagner à l'aéroport de Marignane pour récupérer son frère qui revient de voyage et atterrit à 23 heures. Jules attend son retour avec impatience. Lisa est déçue qu'il parte si tôt. L'an prochain, quand Maxime reviendra de Paris, quittera-t-elle la plage pour aller le chercher à la gare avec sa mère ? Certainement pas. Non, elle ne voit pas pourquoi elle pourrait se rapprocher de lui et ça la rend triste.

Quand Jules est parti, Capucine est venue s'asseoir près de Lisa. Elle avait envie de parler. Avec sa sœur et son père, elles partent en Bretagne jusqu'à la fin des vacances. Après quelques bières, Capucine était en verve. Elle s'est livrée : elle va retrouver toute une flopée de cousins, mais surtout Anatole dont elle est amoureuse. C'est un secret, la famille réprouverait à cause de la consanguinité ou de la morale. Ils le diront l'été prochain quand ils auront dix-huit ans tous les deux et que personne ne pourra plus rien contre eux. Capucine continue. Lisa savait, non, que Miller, le prof du conservatoire, lui avait proposé à plusieurs reprises de passer des auditions ? Eh bien voilà, Capucine a fini par accepter. Personne ne le sait à part Gaëlle. Début août, Miller l'a rappelée.

— Tu me promets Lisa, tu ne parles à personne de ce que je vais te dire ?

— Juré !

— Miller m'a dit que Saeko, un grand chorégraphe qu'il connaît bien, était en résidence à Châteauvallon. Il m'a emmenée le rencontrer. J'ai dansé dans l'amphithéâtre. C'était incroyable ! Le type a voulu me signer un contrat tout de suite et m'intégrer à sa troupe. Mais je dois attendre d'être majeure. Mes parents refuseraient. Puis, c'est pas le moment d'en rajouter… En plus, pas question que j'arrête le lycée l'année du bac. Remarque, même l'année d'après, ça va les rendre fous ; pour eux, si tu fais pas d'études, tu rates ta vie. J'espère que Saeko sera toujours OK pour me prendre dans son corps de ballet, l'an prochain. (Lisa écoute, elle est heureuse pour elle mais aussi un peu jalouse et elle s'en veut de sentir ça. Après ce que son amie vient de vivre...) Miller me dit de ne pas m'en faire, que Saeko ne changera pas d'avis. Au pire, il me recommandera à d'autres chorégraphes.

Capucine a répété : *N'en parle pas, Lisa, s'il te plaît.* Elle se voit vivre avec Anatole, dans un an. Il a hérité de sa grand-mère maternelle une petite somme pour financer ses études. C'est d'ailleurs pour ça qu'il n'est pas venu à l'enterrement d'Iris ; il était aux obsèques de son aïeule. Après les funérailles, qui ont eu lieu à un jour d'intervalle, ils se sont parlé longtemps et ils ont décidé de s'installer ensemble dès leur majorité. Si la famille les renie, tant pis ! Avec la danse et l'héritage, ils devraient s'en sortir. Lisa n'en revient pas que Capucine ait ainsi planifié sa vie, en si peu de temps. Depuis la mort de sa sœur. Ou à cause de cette mort ? Elle qui semblait être toujours un peu ailleurs, flottante. Elle qui avait toujours refusé d'envisager sérieusement les opportunités que lui offrait sa grâce. Mais maintenant, elle veut prendre sa vie en main. Et tant pis si elle déçoit ses parents, outrage sa famille, délie les mauvaises langues : « Une danseuse, seigneur Dieu, et en concubinage avec son cousin germain, en plus. » Elle sait que certains vont se gargariser de ce mot si laid, « concubinage ». On va le chuchoter en roulant des yeux horrifiés du Var à la Bretagne. Lisa admire Capucine et se demande si la mort de Maxime provoquerait la même chose en elle : ce désir de vivre plus intensément, de brusquer le destin. Qu'est-ce que ça lui ferait si son frère mourait ? C'est terrible, mais elle ne ressent rien.

— J'ai envie de te voir danser. Tu veux bien ? a demandé Lisa, pour se changer les idées.

Capucine s'est levée, a fait quelques pas pour s'éloigner du groupe, puis elle s'est mise en boule sur elle-même et a commencé à danser : des mouvements légers, puis de plus en plus rapides. L'arrondi de son dos se soulevait et se rétractait, puis les secousses se sont intensifiées comme si son corps allait faire craquer la chrysalide dont il était prisonnier. Enfin la carapace s'est fendue, un bras long et fin s'est déployé, puis les trois autres membres. Sa tête a surgi au-dessus de son cou tendu et Capucine s'est élancée, la jambe gauche entraînant tout le corps vers l'avant. Ses pieds soulevaient de lourdes gerbes de sable qui faisaient un rideau de poussière devant elle. Elle enchaînait les pirouettes sans le moindre faux pas. Dans la lumière jaune et diffuse du lampadaire, c'était un beau duo : Capucine aérienne et son ombre couchée sur le sable mouillé. Puis, son reflet s'est fragmenté dans les vaguelettes alors qu'elle dansait les pieds dans l'eau. Plus personne ne parlait, les doigts figés autour des cannettes de bière. Lisa retenait son souffle. Elle s'en voulait de l'avoir incitée à danser. Capucine avait bu, elle risquait de se tordre une cheville ou de se blesser. Et si son rêve se brisait net dans un craquement d'os ? Mais non, après chaque saut, elle retombait avec une égale légèreté. Quand son corps s'effondrait comme un pantin dont on lâche les fils, c'était exprès, et elle se relevait aussi vite, traversée par une impulsion. Enfin, la danseuse s'est immobilisée, a fait un bref salut sous les applaudissements de son public privilégié.

Plus tard, dans la nuit, tous leurs vêtements mêlés sur la plage, les jeunes s'éclaboussaient, se coulaient ou nageaient vers le large. Ils aiment la nuit, sans adultes et sans contraintes. Après qu'un certain Victor l'avait coulée par surprise, Lisa avait nagé à l'écart du groupe pour reprendre son souffle. Elle toussait et se mouchait entre ses doigts. Un corps nu s'est collé contre elle, elle a senti des seins s'écraser contre son dos. Elle s'est retournée. Capucine souriait. Et puis, c'est venu d'un coup, l'envie de l'embrasser, l'envie de toucher ce corps tant de fois admiré, d'enfermer toute cette grâce entre ses bras. Lisa a posé sa bouche sur celle de la jeune fille et leurs lèvres se sont ouvertes en même temps. Sous l'eau, les mains caressaient des fesses et des seins, c'était doux et liquide. Leurs bouches se séparaient puis se retrouvaient pour un nouveau baiser. D'un coup, Capucine a plongé et Lisa l'a vue émerger à dix mètres d'elle. C'était fini.

Sur la plage, on n'arrivait pas à se réchauffer, les cheveux étaient mouillés et les corps poisseux de sel. Capucine et Gaëlle ont finalement donné le signal du départ. Il fallait qu'elles dorment un peu avant de prendre la route pour la Bretagne au petit jour. Les autres ont commencé à rassembler leurs affaires et à ramasser les déchets les plus visibles, cannettes et paquets de chips vides. Impossible de repérer les mégots dans l'obscurité. Léon a dit, *On en a rien à foutre, j'ai sommeil. Viens Adèle, on se casse.* Dans un sursaut de sa conscience écologique, Lisa s'est crispée. Elle se rend compte que tout l'agace chez Léon, son côté crâneur : quand il baisse ses lunettes de soleil et te fixe de ses yeux clairs, quand il enlève son tee-shirt sur la plage, presque au ralenti, en s'assurant que tout le monde le regarde. Toute cette puissance primaire ne pourra pas lui tenir longtemps lieu d'intelligence. Mais quand il descend de sa moto, attrape Adèle par la nuque et plaque ses lèvres sur les siennes, elle a beau se dire qu'il y a du Rhett Butler en lui, ça lui fait quand même quelque chose. Lisa s'en veut de ce petit frisson qui la secoue, à chaque fois qu'elle le voit. Parfois, elle a même l'impression qu'il laisse un peu trop traîner ses yeux sur sa poitrine quand elle est en maillot. Elle se sent pleine de désir et de contradiction.

Lisa regarde les sœurs Le Barth s'éloigner. Capucine qu'elle n'a presque pas quittée depuis un mois va lui manquer. Et ce baiser… Avec Adèle, ça leur arrive quelquefois de s'embrasser sur la bouche, la nuit, pendant des fêtes, quand elles sont un peu ivres. Mais ce n'est jamais allé plus loin. Adèle a déjà couché avec une fille, *mais avec toi, ça risque pas meuf, t'es comme ma sœur.*

Lisa a hésité pour l'adresse mais finalement elle n'a pas donné la sienne. Le Uber l'a déposée devant chez Jules. Là, elle a escaladé un muret, sauté dans le jardin, puis a jeté des cailloux sur les volets. Au bout d'un moment,

Jules a fini par se pencher à la fenêtre. Il est descendu lui ouvrir et l'a fait rentrer en râlant :

— T'es chiante. Je t'ai proposé plusieurs fois de venir dormir et tu te pointes en pleine nuit, juste quand je dois me lever tôt.

Lisa sait qu'il part avec sa mère et son frère en Italie jusqu'à la fin du mois mais Jules ne lui avait pas dit qu'ils prenaient, eux aussi, la route à l'aube. Décidément, cette année, tout le monde part en vacances en famille, quand elle sera bientôt coincée ici, entre ses deux parents, dont sa mère qui n'en finit pas de devenir bizarre.

— Désolée, mais je voulais quand même qu'on se dise au revoir.

Jules s'est assis sur son lit en bâillant. Lisa, excitée et impatiente, a plaqué ses deux mains sur ses épaules et l'a renversé sur le dos ; avant même qu'il ait fait un geste, elle était déjà sur lui, nue et pressante. Jules l'a repoussée doucement, il aurait aimé qu'ils se caressent, qu'ils prennent le temps pour une fois ; il ne comprend pas cette fille. Toute cette brusquerie d'arène, ces feulements qui enflent dans sa gorge quand elle remue au-dessus de lui.

— Tu ne veux pas ? a demandé Lisa, presque en colère.

— Si, je veux. Mais pas comme ça.

Vexée, la jeune fille s'est écartée de lui et s'est laissée tomber sur le lit. Avec Adèle, elles crachent sur les films où de pauvres filles subissent les assauts de mâles en rut, des malheureuses qui protestent pour la forme mais que l'homme domine de toute sa conquérante virilité. Et on nous fait croire qu'elles aiment ça. Quand elles étaient en cinquième, Lisa et Adèle avaient adoré *Autant en emporte le vent*. Quel choc en début de seconde, quand leur professeure d'anglais, madame Steels, référente égalité filles/garçons du lycée, leur avait donné une leçon de féminisme en accéléré.

— Ah oui, Rhett Butler ! Ça c'est un vrai mec, oui. Il te soulève dans ses bras puissants, tu as beau battre des jambes dans le vide, tu n'échappes pas à ton ravisseur. Tu dis « non » : tu es hystérique. Tu hurles : il te balance sur le lit, t'écarte les cuisses, te « prend » de force, selon l'expression patriarcale consacrée car lui sait ce qui est bon pour toi, ce qu'il faut pour te tenir. Et toi, petite Scarlett, toute indomptable sois-tu, tu jouis ! Et mieux, tu es calmée après ça, tu regardes ton mâle avec du velours dans les yeux.

À cette relecture critique de leur film préféré, Lisa avait eu l'impression d'une trahison. C'est Karine qui les avait déposées devant le cinéma du centre-ville quand *Autant en emporte le vent* avait été rediffusé. Elle s'en souvient, c'était la première fois qu'elles y allaient toutes seules avec Adèle, sans adulte. Karine avait accepté et, mieux, les y avait encouragées. Elle avait tellement aimé le livre qu'elle avait failli appeler sa fille Scarlett. À la sortie du cours d'anglais, alors que sa mère lisait dans le salon, Lisa avait explosé :

— Dire que tu m'as poussée à aller voir ce film de merde. Ce que lui a fait Rhett Butler, à Scarlett, ça s'appelle un viol. Je ne comprends pas comment tu as pu me laisser voir un truc pareil. À douze ans et demi, en plus.

Karine n'avait pas su quoi dire mais Maxime était intervenu :

— Super ! Madame est féministe maintenant. Il nous manquait plus que ça. Et puis, qu'est-ce que tu y comprends d'abord aux relations entre les meufs et les mecs ? avait-il lancé.

— Ce que je sais en tout cas, c'est que moi, je ne laisserai jamais un gros macho me…

— Allez, c'est bon, calme-toi, Crapaud. Mais c'est vrai, j'allais oublier, tu as Steels cette année. Je vois que t'as bien retenu ta leçon.

Vexée, Lisa avait quitté la pièce sans répondre. À peine un *pauvre naze*, entre les dents. Elle en avait voulu à sa mère de laisser Maxime l'humilier une nouvelle fois.

Jules s'est mis à la caresser, elle s'est laissée aller, les yeux fermés, proche du sommeil. Elle lui a rendu ses caresses avec lenteur, leurs lèvres se sont collées dans l'obscurité. Elle s'est endormie quelques instants et s'est réveillée avec des sensations douces et diffuses. La bouche de Jules, humide et précise, s'est promenée sur la peau salée de Lisa. Les corps se sont mêlés au ralenti, dans un abandon cotonneux, puis se sont séparés et cherchés encore, à tâtons. Elle aurait voulu que ça ne s'arrête jamais. Mais il était déjà 5 heures. Jules a proposé de la raccompagner à pied. Avec le drap, il a essuyé leurs peaux humides de sueur et de salive.

Quand ils sont arrivés devant le portillon, il a posé sa main sur le visage de Lisa et lui a dit qu'il la trouvait belle malgré le noir qui avait coulé partout sur ses joues. On aurait dit une enfant du XIXe siècle, une fille des mines de charbon. Il avait envie de la voir sans maquillage, un jour. Et…

— Et… je voulais savoir…

— Ben quoi ?

— Laisse tomber, a-t-il dit.

Il a commencé à marcher dans la lumière tendre du petit jour, presque en retard déjà. Lisa l'a rappelé.

— Jules ! Qu'est-ce que tu voulais savoir ?

— Si on est ensemble… ou non.

Lisa a souri. Elle a un peu tardé à répondre mais elle a sauté le pas :

— Oui. On est ensemble.

Lisa regarde l'heure. C'est le 23 août et il est déjà tard. Karine ne la réveille plus pour le petit déjeuner en famille. Depuis cet été, elle a le droit de dormir jusqu'à midi. Elle regretterait presque la présence envahissante de sa mère qui depuis un mois semble avoir lâché l'affaire, l'avoir lâchée, elle. Dans sa tête, les images de la veille continuent de se télescoper, à la fois floues et intenses comme un fantasme inassouvi.

V

Le 23 août

Déjà le 23 août. Demain, il y a aura vingt-cinq personnes à la maison et je n'ai pas trouvé le courage de commencer les préparatifs avant ce matin. Je sors les sacs du coffre, en nage, épuisée à la perspective des plats à préparer, l'installation des tables dans le jardin, la décoration et, pire, les discussions auxquelles il faudra que je participe. Je devrais être ravie de célébrer les vingt ans de mon fils et fière de sa réussite, mais je ne peux pas. Je ne peux pas penser à lui sans que le visage d'Iris ne se superpose au sien. Il faudra aussi que je supporte l'expansivité de ma mère, l'excentricité vestimentaire qu'elle arbore exprès pour me mettre mal à l'aise. Le bruit, les rires, l'insouciance de l'été, je ne peux pas.

Alors que je dépose le dernier cabas rempli de bouteilles de rhum et de jus de fruits pour le punch, Maxime entre dans la cuisine. Il est torse nu, bruni et ensommeillé. Je ne savais pas qu'il avait dormi à la maison.

— C'est pour la fête tout ça ? Assieds-toi, maman, tu as l'air crevée.

Il me prend les sacs des mains et se met à ranger leur contenu dans les placards ou dans le frigo dont il sort une bouteille fraîche. Il nous sert un verre d'eau à chacun, on s'assoit de part et d'autre de la table. On boit en silence. Je sens que je ne vais pas pouvoir me contenir, que quelque chose d'incontrôlable va sortir de moi :

— Max, il faut qu'on parle de l'accident. Je peux comprendre que ce soit difficile, mais on ne peut pas faire comme si ça n'avait pas eu lieu. Tu n'es jamais là. Tu n'en parles jamais. C'est comme si tu avais oublié. Je…

— Arrête, maman ! Il faut passer à autre chose. Elle est morte, on ne peut plus rien pour cette fille. Tu comprends que ça ne la ramènera pas de ressasser encore et encore ! On peut rien faire… C'était un a-cci-dent, un a-cci-dent ! (Il a haussé le ton.)

— Cette fille, c'est Iris. Tu ne penses jamais à sa famille ? À sa mère ?

— Arrête maman, s'il te plaît !

— Sa mère, elle a dû aller faire une cure de sommeil, tu crois qu'elle pourra s'en remettre ? Et nous, tu crois qu'on peut faire comme si rien n'était ? Iris avait deux sœurs aussi. Tu as rencontré sa cadette ici. Lisa te l'a présentée ; elle s'appelle Capucine. Tu n'as pas remarqué la ressemblance ? Tu l'as vu pourtant, son visage, à Iris, quand tu t'es penché sur elle pour voir si elle respirait ? (J'entends ma propre voix monter dans les aigus, incontrôlable.) Je me demande si tu l'as vraiment fait. Elle n'était pas morte quand tu l'as abandonnée en sang dans le fossé. Tu l'as entendu aux infos, non ? Et toi… toi, tu l'as laissée, toute seule, tu l'as laissée agoniser comme un chien au bord de la route, tu l'as…

— Tais-toi, maman ! Arrête, putain !

— Mais comment tu ne te sens pas coupable ? Tu arrives à dormir, à t'amuser ? Parce que moi je me sens coupable. Je n'en peux plus ! Je m'en veux… Je m'en veux de t'avoir couvert…

— Mais arrête, maman !

— Comment tu peux continuer à vivre après avoir tué une fille ?

Je me mets en travers de la porte pour l'empêcher de passer. *Tu as vraiment cru qu'elle était morte ? Réponds-moi !* D'un geste brusque, il me pousse pour sortir de la cuisine. Je le retiens par un bras et j'enfonce ce qui me reste d'ongles dans sa peau. Nous nous regardons. Je regarde ce fils pour lequel j'ai tout sacrifié et je serre de toutes mes forces. Il se dégage avec violence ; je chute lourdement et me cogne la tête sur l'arête de la table. Il se précipite vers moi mais je le repousse, en hurlant :

— Laisse-moi ! Va-t'en !

VI

Le 23 août

C'est le 23 août, Marie-Claire est rentrée à la maison depuis deux jours. Erwan est venu la chercher à la clinique dès que le psychiatre a enfin consenti à sa sortie. Quand les deux hommes ont réalisé qu'ils étaient bretons, la discussion a bifurqué. Marie-Claire en a été soulagée. Pendant son séjour, elle a refusé de participer aux groupes de parole et avec le psychiatre, elle parlait peu, surtout au début. Il n'y avait rien à dire, juste à étouffer les cris à fortes doses de chimie. Dormir ou flotter. Il y a une semaine, elle a décidé de diminuer les médicaments. Alors elle a recommencé à pleurer, sans arrêt. Elle a dit non au psychiatre qui voulait revoir le dosage à la hausse. Un emplâtre sur une jambe de bois. *Ni dieu ni drogue ne la feront revenir. Iris est morte.* Elle le sait et se le répète. Et même si elle a réduit la dose des antidépresseurs, elle en prend encore suffisamment pour que les lames du chagrin s'émoussent dans son cerveau amolli. Sans cette béquille chimique, c'est sûr, ses jours et ses nuits ne seraient qu'un long et terrible hurlement.

Le thérapeute avait toutefois insisté : inutile de s'imposer une douleur aussi brutale, il faudrait revoir le traitement : elle n'avait rien à expier. Mais qu'est-ce qu'il en savait ? Bien sûr qu'elle se sentait coupable ! Et elle l'était. On ne peut pas apprendre la mort de sa fille de la bouche d'un policier et se rendre compte que l'on n'en a même pas eu la moindre intuition, pas la moindre alerte au fond de soi. Quand elle a enfin osé parler de Jacques, l'analyste lui a dit des choses simples qu'elle avait besoin d'entendre, des choses évidentes qu'elle refuse pourtant d'admettre tout à fait : *Il n'y a aucun lien de cause à effet entre la nuit que vous avez passée avec un homme et la mort de votre fille.* Elle avait l'impression que ces séances étaient inutiles mais les derniers jours elle avait parlé de plus en plus, elle s'était mise à évoquer avec facilité et lucidité son fiasco intime avec Erwan. Les choses avaient un peu avancé. À son arrivée à la clinique, elle redoutait la vue de Capucine et de Gaëlle. À présent, elle avait besoin de retrouver ses filles, les prendre contre elle, les embrasser. Dans sa famille, ça ne se fait pas, on s'aime de loin, sans effusions. Jusque-là, elle avait intégré cette réserve comme un garde-fou contre les passions dangereuses et même l'amour maternel démonstratif, supposément toxique. Les baisers, les caresses, les embrassades amollissent l'âme et le corps comme les chansons populaires. Voilà ce qu'on lui avait mis dans la tête. Et puis, tous ces débordements d'affection gâtent les enfants, les affaiblissent au lieu de les armer pour affronter les aléas de leur vie. C'est ce que lui répétait aussi son mari quand elle berçait trop longtemps l'une de leurs filles qu'il qualifiait de capricieuse. Marie-Claire regrette de ne pas avoir étreint Iris plus souvent, de ne pas se souvenir de la dernière fois où elle l'a tenue vivante entre ses bras.

— Depuis qu'Erwan m'a quittée, je n'ai pas réussi à maintenir ne serait-ce qu'un semblant de vie ordinaire… vous voyez, avec des repas à table… J'ai délaissé mes filles, Iris la première.

— Vous dites « depuis qu'il m'a quittée », mais Erwan est revenu, non ? avait fait remarquer le médecin.

Quand Marie-Claire est sortie de la clinique, une boule de feu s'est écrasée sur sa tête. Elle avait oublié jusqu'à l'été. Dans la voiture, Erwan a pesté contre le Sud et s'est réjoui de la fraîcheur bretonne, qu'ils allaient enfin retrouver le lendemain.

— Je ne vais pas venir avec vous.

— Comment ça, tu ne viens pas ? Qu'est-ce que tu vas faire ici toute seule jusqu'à fin août ?

— Erwan, on va divorcer.

— Mais enfin, je suis revenu. Qu'est-ce que tu racontes ?

— …

— C'est pour toi que je suis revenu. Pour toi et pour les filles. Tu ne sais plus où tu en es, c'est normal. Tu…

— Non, Erwan, je ne t'aime plus.

— Mais là n'est pas la question. On est une famille. On ne peut pas faire ça aux filles. Pas maintenant !

— Arrête s'il te plaît. Je ne viendrai pas en Bretagne avec vous. Toi, tu pars en vacances avec les filles et à votre retour, soit tu te cherches un logement ici, soit tu repars où tu veux. Mais je ne veux plus vivre avec toi.

— Marie-Claire, tu m'en veux, je comprends, mais l'heure n'est plus à la rancœur ; on doit surmonter cette épreuve ensemble, avec l'aide de Dieu.

— Non. On ne doit rien de tout.

— Mais enfin, il faut qu'on essaie. Dieu est avec nous.

— Je ne crois plus en Dieu.

Elle a claqué la porte de la voiture, les filles l'attendaient sur le perron. Elles étaient dorées de soleil, cheveux méchés, au naturel. Gaëlle avec sa coupe courte, short en jean, débardeur, espadrilles. Capucine, en robe éponge, chignon flou et tropéziennes aux pieds. C'était émouvant de les voir si simplement estivales. Marie-Claire les a serrées tellement fort qu'elle a eu peur de les broyer. Entremêlées les unes aux autres, elles ont pleuré et c'était doux de sentir dans l'étreinte leurs larmes se confondre.

Il a fallu leur dire qu'elle ne les accompagnait pas en Bretagne et que leur père ne vivrait plus avec elles au retour des vacances. Finalement, les filles ont mieux réagi que Marie-Claire ne le pensait. Elles n'ont plus envie de voir leurs parents gaspiller leur temps à donner le change, auprès des amis, des voisins et de la famille. Gaëlle a même conclu : *Vous ne vous aimez plus, ça sert à rien de rester ensemble.*

Ce matin, Marie-Claire a mis son réveil pour leur dire au revoir avant leur départ en Bretagne. Les filles étaient ensommeillées, elles avaient dormi seulement quelques heures. Elles sont rentrées tellement tard. Gaëlle n'a que quinze ans et Capucine pas encore dix-sept. Avant, Marie-Claire contrôlait leurs allées et venues et limitait leurs sorties nocturnes. Mais la tragédie va changer les règles du quotidien. Elle pourrait les empêcher de sortir, les enfermer de force mais le psychiatre lui a conseillé de leur faire confiance. Erwan n'était pas d'accord pour que les filles traînent sur la plage la nuit dernière. Marie-Claire espère qu'il ne les a pas entendues revenir à l'aube, sinon il leur fera la leçon pendant tout le voyage. Hier soir, elle leur a fait promettre de rester ensemble, de veiller l'une sur l'autre. Elle pourrait être terrorisée de les savoir dehors, en danger de mort. Mais elle a pris le parti de les laisser vivre. Si elle les y encourage, ça les aidera à ne pas se sentir coupables d'être vivantes alors qu'Iris est morte. Et puis la certitude qu'elle réussirait son suicide s'il devait arriver quoi que ce soit à ses deux filles tient toute frayeur à distance. Elle est médecin, elle connaît les doses létales ; elle est d'ailleurs passée à l'acte quelques jours après l'enterrement. Elle sentait pourtant en elle une force vive, qui tentait de gagner un peu de terrain chaque fois que le désespoir refluait. Mais Thanatos a remporté une bataille. Un après-midi, elle est montée dans la salle de bains, a avalé une dose suffisante de cachets, s'est allongée sur son lit, a fermé les yeux et attendu la mort. Alors que le brouillard gagnait du terrain dans son cerveau, l'instinct de survie a tiré la sonnette d'alarme. Avant qu'elle ne bascule dans l'inconscience, elle a réussi à se saisir de son portable et à trouver le numéro du cabinet médical. Elle a résumé la situation en quelques mots à sa secrétaire. Le nombre de comprimés ingérés, la place de la clé de secours sous une jarre dans le jardin, celle de sa chambre dans la maison.

Résultat : lavage d'estomac et un mois de clinique psychiatrique. On a menti aux filles, on a préféré parler de cure de sommeil. Elle espère que sa mère et Erwan tairont la tentative de suicide sacrilège. Marie-Claire redoute que Gaëlle et Capucine ne l'apprennent incidemment et qu'elles se considèrent comme entités négligeables. Elle leur en parlera au retour des vacances, le psychiatre a raison. Elle doit le leur dire, ne pas laisser planer l'ombre de ce secret. Paradoxalement, si elle leur dit la vérité, cela les rassurera peut-être. Ses filles comprendront qu'elle ait voulu mourir au plus aigu du désespoir mais sauront surtout qu'au dernier moment, pour elles, leur mère a décidé de vivre.

Elle les embrasse à plusieurs reprises tandis qu'Erwan, derrière son volant, s'impatiente. Ces effusions inhabituelles le mettent mal à l'aise. *Dépêchez-vous, bon sang, il y a douze heures de route.* Marie-Claire respire dans les cheveux de ses filles l'odeur salée du bain de minuit ; les adolescentes se serrent contre elle une dernière fois. Et une autre encore. Avant que la portière arrière ne se referme, la mère voit les grains de sable sur le mollet de Gaëlle. En agitant la main depuis le perron, elle pense aux draps qu'il faudra changer, aux gestes quotidiens qu'il faudra réapprendre. Le SUV démarre avec nervosité.

Marie-Claire se dirige vers la chambre d'Iris. Elle ne sait pas pourquoi elle ressent la nécessité d'y entrer maintenant. Elle ne veut pas que cette pièce cristallise la peur et la mort comme un cabinet de Barbe-Bleue. Elle a le cœur agité, pourtant elle sait ce qui l'attend, l'univers inoffensif d'une jeune fille rangée : sur le bureau ordonné, l'ordinateur et les fiches de révisions. Le lit fait, le linge clair, les vêtements peu nombreux, impeccablement pendus ou pliés, les sandales et les tongs alignées au bas du placard, en première ligne, les chaussures d'hiver derrière. C'est une pièce lumineuse, au plafond haut, rectangulaire, grande et presque nue, monacale, qu'Iris n'a pas cherché à personnaliser. Ses sœurs ont scotché partout dans leurs chambres des affiches de groupes de musique ou de spectacles de danse. Gaëlle a peint un mur en noir et collé un grand drapeau arc-en-ciel sur un autre. Capucine est si désordonnée qu'on ne peut pas pénétrer dans sa chambre sans piétiner des chaussons de danse, des maillots mouillés ou des vêtements sales qui n'ont pas trouvé le chemin de la buanderie. Chez Iris la discrète, jamais rien qui traîne. Et pourtant, contre toute attente, en pénétrant dans la pièce, Marie-Claire découvre la garde-robe de sa fille, en tas sur le lit. Elle n'avait pas osé y entrer depuis ce jour-là, ou peut-être l'a-t-elle fait avant d'être internée mais elle ne s'en souvient plus. Là, elle peut savoir ce qu'Iris a fait avant de sortir de sa chambre pour se rendre à sa dernière fête. Et elle comprend que sa fille a dû hésiter jusqu'au dernier moment pour choisir « la » tenue de cette soirée particulière. Iris s'apprêtait à dormir chez Tom, elle allait découcher pour la première fois, elle allait transgresser la sacro-sainte règle qui à elle seule assure, pour les plus ultras de sa communauté, la valeur d'une jeune fille : préserver, envers et contre le désir des hommes, la virginité prénuptiale.

Marie-Claire se revoit elle-même, exaltée comme pour un bal de débutante, avant son rendez-vous avec Jacques. Tous ces essayages insatisfaisants dont la futilité lui avait fait honte. Finalement, Iris avait opté pour la simplicité, une robe fleurie à bretelles, une culotte bleue en coton, des sandales plates à lanières dorées assorties à un sac à main lamé, qu'elle avait hésité à acheter parce qu'elle le trouvait trop voyant. Marie-Claire se souvient de la morgue, de l'odeur d'hôpital mêlée aux relents métalliques de la mort. Du sang séché partout sur les vêtements et sur le corps de sa fille qui n'avait pas encore été « préparé ». Le commissaire Roux n'en finissait pas de s'excuser « pour tout ça » et la nausée avait soulevé l'estomac vide de Marie-Claire. Elle regarde maintenant le petit étalage de jupes, de robes, de chemisiers légers et de débardeurs qu'Iris a laissés sur son lit, des habits repassés qui sentent la lessive. Elle les plie pour pouvoir les ranger et restituer à la chambre son ordre habituel. Elle ne pleure pas, ses mains et ses jambes vont du lit au placard. Elle se concentre sur ses mouvements jusqu'à ce que ses yeux se posent la table de nuit et qu'elle interrompe son rangement. C'est une photo encadrée prise trois ans plus tôt : Iris et Capucine ont déjà leur taille adulte mais Gaëlle est encore une enfant, bien plus petite que ses sœurs qu'elle a depuis dépassées. C'est une photo sérieuse, prise au cours du baptême d'un des garçons de Christine. On voit l'église derrière eux, les trois filles au premier plan, Marie-Claire et Erwan au second. Les sourires et les corps sont figés, les tenues impeccables. Pourquoi Iris a-t-elle choisi cette image-là ? Marie-Claire essaie de se rappeler cette réunion familiale, mais le souvenir est vague, un jour d'ennui parmi tant d'autres. En vérité, Iris n'a pas dû avoir le choix ; c'est la seule photo relativement récente qu'elle ait pu trouver où ils soient tous les cinq. Avant, sur sa table de nuit, il y en avait bien une autre, prise sur la plage, dix ans plus tôt, par bonne-maman. Un portrait de famille pris sur le vif : Marie-Claire en train de se passer de la crème sur une jambe, des glaces dans les mains des filles et Gaëlle sur les genoux de son père. Ils étaient bronzés, souriants, détendus, rien à voir avec la pose guindée sur les marches de l'église. Qu'Iris ait été obligée d'encadrer la photo du baptême anéantit sa mère. Parce qu'il n'y en avait pas d'autre, depuis celle de la plage, aucun moment qu'ils aient eu envie d'immortaliser. Erwan n'était presque jamais là de toute façon, et ce, même avant qu'il décide de la quitter. On aurait pu croire qu'il faisait exprès de prendre des gardes à l'hôpital pendant les fêtes, pour ne pas être sur la photo précisément. Marie-Claire ne peut pas résister à cette salve de chagrin d'une autre nature, elle sent monter les larmes jusqu'au débordement. Mais elle ne pleure pas sur elle-même, sur la perte intolérable qu'elle a subie. Marie-Claire pleure sur toutes les photos de famille manquées qu'Iris n'a pas pu encadrer, sur les rires qu'Iris n'a pas partagés avec ses parents trop occupés à rater leur vie, sur tous les films qu'elle ne verra pas. Elle pleure sur les nuits d'amour dont Iris n'a connu que les coulisses : les derniers essayages, dans sa chambre, l'arrivée à la soirée, puis l'entrée en scène à ses dépens d'une fille peut-être plus spectaculaire. Le policier a dit à Marie-Claire que Tom dansait avec une certaine Selma quand sa fille a disparu. Iris détestait danser, toujours discrète et réservée sauf quand elle parlait cinéma. Selma lui a volé la vedette. Fin du spectacle.

Marie-Claire est restée longtemps allongée sur le lit de sa fille, se mouchant et s'essuyant les yeux dans les draps propres et inodores. Parfois, elle s'endormait, se réveillait, se demandait où elle était avant de replonger dans une morne somnolence que les médicaments préservaient des cauchemars. Dans un concert monotone, les cigales crissaient sans arrêt. C'est ce chant entêtant qui, par intermittence, faisait revenir Marie-Claire à la réalité. Et la chaleur du couchant qui forçait les persiennes closes et infiltrait les murs pourtant épais de la vieille bâtisse.

D'un coup, Marie-Claire se lève, sort de la chambre, descend l'escalier, trouve son téléphone et appelle. Elle y pense depuis des jours, ça y est, elle l'a fait. Après, elle s'assoit à l'ombre, dans le jardin, et attend. Très vite, il arrive, mal à l'aise, lui fait une accolade et bredouille des condoléances. Il la suit dans l'allée bordée de pins, elle marche vite, il fait chaud dans les rayons rasants du soleil qui décline. Elle le précède dans la maison. C'est plus frais au rez-de-chaussée dans ce hall majestueux, vaste comme une salle de bal. Elle ferme la porte derrière eux et enfin jette ses bras autour du cou de Jacques. Il recule, interdit. Il balbutie quelques mots incompréhensibles. Elle veut l'empêcher de parler, de la plaindre ou, pire, de la contenir et de briser son élan. Alors qu'elle force ses lèvres d'une langue impatiente, il ouvre la bouche et lui rend son baiser. Elle s'agrippe à lui, se presse contre lui, répète son prénom, Jacques, comme un mantra, un bouclier sonore contre la voix de sa cousine Christine qui lui parle dans la tête : *Seigneur Dieu, ma pauvre Marie-Claire, comment oses-tu te vautrer dans la luxure alors que ta fille… ?* Elle ne veut plus l'entendre. Elle se laisse tomber sur les carreaux de ciment et force Jacques à se coucher sur elle. En écartant sa culotte, il lui dit que c'est terrible, qu'il a pensé à elle tout le temps, qu'il ne savait pas si… Elle enserre la taille de Jacques avec ses jambes et le fait taire en écrasant sa bouche contre la sienne. Et dans sa tête, un seul cri : « Vivre ! »

VII

Le 24 août au matin

Lisa s'est levée tôt comme je le lui avais demandé. Elle est entrée pieds nus dans la cuisine et elle a dit, *Maman ?*, tout doucement parce que j'étais figée, enfoncée en moi, face à l'évier. Je me suis tournée vers elle, elle s'est approchée et m'a embrassée spontanément. J'ai vu son regard traîner sur le bleu de mon front. Évasive, je lui ai dit que je m'étais cognée. J'ai encore du mal à croire que Maxime ait pu me pousser avec une telle violence. Je me suis repassé la scène en boucle, encore et encore, jusqu'à ce qu'elle soit vidée de sa substance, qu'elle devienne floue comme un lointain cauchemar. Pendant qu'elle déjeunait, Lisa me jetait des regards étranges. Je lui ai pressé son orange, je ne l'avais pas fait depuis des semaines. Quand elle a fini de manger, elle n'a pas bougé de sa chaise, on aurait dit qu'elle avait envie de parler et que ça ne venait pas, qu'elle ne savait pas par où commencer. Je ne l'ai pas aidée. Pas envie. Pas le courage. Il y avait tant à faire en plus. Je l'ai envoyée au supermarché avec la liste de mes oublis : les incontournables bougies d'anniversaire, du sucre glace et de la crème fleurette pour le gâteau. Avant qu'elle ne parte, il fallait que je m'assure que j'avais bien constitué un stock suffisant de nappes et de serviettes fantaisie pour la fête. J'ai marché vers le garage où je ne suis pas retournée depuis des semaines. J'ai tout fait pour extirper la chemise de mes pensées, et par moments, j'en suis même venue à croire au mensonge que j'ai servi à Maxime. Quand, début août, il m'a redemandé si je m'en étais occupée, je lui ai dit oui.

Je suis montée sur l'escabeau les jambes tremblantes, j'ai saisi la caisse en plastique sur l'étagère du haut, je l'ai ouverte pour commencer mon inventaire, le cœur battant. Alors que je cherchais les assiettes, en tâtonnant, incapable de regarder à l'intérieur, j'ai senti le tissu de la chemise sous mes doigts. À ce moment-là, j'ai éprouvé un besoin impérieux. Il fallait que je la voie. Elle s'est déployée devant moi, un poignet, une manche et enfin le plastron taché de sang séché. Je l'ai lâchée immédiatement comme si elle était enduite du poison brûlant grâce auquel Médée accomplit sa vengeance. J'ai failli tomber en arrière dans ma descente précipitée de l'escabeau puis j'ai reculé, poussée au thorax par une force invisible. Pendant quelques instants, j'ai bien cru que j'allais m'enfuir, me mettre à courir jusqu'à l'épuisement, jusqu'à ce que mon cerveau surchauffé implose une bonne fois pour toutes. Alors que je continuais de reculer sans m'en rendre compte, j'ai failli heurter Lisa qui se tenait devant la porte du garage. *Bon, moi j'y vais. Il y a rien d'autre à prendre ?* La chemise était là, visible, pleine de sang. Je me suis précipitée sur elle, l'ai saisie d'une main et l'ai jetée dans la caisse, aussi vite que j'ai pu. Puis je me suis tournée vers ma fille, la bouche sèche. *Ça va pas maman ? Qu'est-ce que tu as ?* J'ai répondu en la poussant doucement vers le portillon. *Si, si, ça va, ça va. Je sortais les… heu… les nappes et les serviettes de la caisse pour la fête.* J'essayais de l'empêcher de voir le bras de chemise qui pendait hors du bac en restant face à elle. *Vas-y vite, il faut que je commence le gâteau, il doit rester au frigo pendant au moins douze heures ; c'est stressant tous ces préparatifs.*

Quand Lisa est sortie du garage, je me suis empressée de remettre la caisse sur l'étagère. Est-ce qu'elle l'avait vue ? Je vais devoir dire à Maxime que je lui ai menti, que sa sœur a peut-être vu la chemise. Je lui dirai où elle est et il en fera ce qu'il voudra. Je ne peux pas la brûler. Je ne peux pas détruire une preuve. Pour la première fois, je ne vais pas faire ce que j'ai toujours fait, servir, coûte que coûte, les intérêts du petit roi.

VIII

Le 24 août au matin

Lisa voudrait comprendre. Elle a eu l'impression que sa mère cherchait à l'empêcher de voir quelque chose dans le garage. Karine a prétendu qu'elle faisait l'inventaire des nappes en papier mais elle avait l'air coupable, affolée. Qu'est-ce qu'elle cache ? Peut-être que sa mère et son père vont divorcer ? Elle se souvient de la séparation des parents d'Adèle. Elles étaient encore en primaire. Adèle avait senti que ça n'allait plus entre eux, sa mère était devenue bizarre, elle sortait tout le temps, parfois elle pleurait pour un rien, chuchotait au téléphone ou buvait exagérément certains soirs. Et puis, elle ne voyait presque plus ses parents ensemble. Lisa essaie d'identifier les signes annonciateurs d'une rupture. Karine s'est mise à courir comme une dératée : un prétexte pour fuir la maison ? Et ses larmes l'autre soir sur la plage ? Et si son père avait une maîtresse ? Ou si c'était elle qui avait un amant ? Non, impossible. Son père passe son temps libre à peindre ses croûtes dans son atelier. Quant à Karine, Lisa a du mal à l'imaginer en train de « s'envoyer en l'air », selon l'expression ringarde de Fabien. Et puis, si c'était le cas, elle n'aurait pas besoin de se faire des sensations fortes en courant comme une dingue. Lisa réfléchit en errant dans les rayons climatisés du supermarché quand on prononce son prénom :

— Tiens ! Bonjour Lisa.

— Ah, salut Margot.

L'ex-copine de son frère a une mine affreuse, elle est blême et mal coiffée. Les deux jeunes filles ne savent pas trop quoi se dire. Margot a repéré les bougies dans le panier. *C'est l'anniversaire de Maxime aujourd'hui,* remarque-t-elle. *Je lui ai envoyé un message pour le lui souhaiter en me réveillant mais je ne sais pas s'il me répondra. Je me souviens qu'il est né à 22 heures, alors je suis en avance.* Elle rit tristement. Lisa, mal à l'aise, abrège la conversation, sous prétexte d'aller aider sa mère pour la fête. Margot l'interpelle alors qu'elle marche déjà vers les caisses : *Tu l'embrasseras pour moi et tu lui souhaites bonne chance.* Lisa hoche la tête mais pense : *Ça risque pas.*

En rentrant du supermarché, en nage, elle est obligée de changer de trottoir régulièrement pour échapper aux lames de feu qui se plantent dans son crâne.

— Eh, je te dépose ?

Léon vient d'arrêter sa moto à côté d'elle, il enlève son casque et la regarde en souriant.

— Ouais, pourquoi pas ?

— Putain, ça crame, hein ?

Il descend de sa moto, lui prend des mains le sac de provisions et le range dans le top-case.

— Tu montes ou quoi ?

Lisa se hisse sur la selle. À la première accélération, elle est obligée de s'accrocher à la taille du jeune homme pour ne pas être désarçonnée. Il roule vite exprès pour qu'elle se colle à lui, elle le sait. Il a gardé son casque autour du bras et ne lui a même pas proposé de le lui prêter. Au début de l'été, elle n'en aurait eu rien à foutre, mais là, elle n'a pas envie d'arriver en trombe devant chez elle, que Karine la voie et que ça provoque une crise. Elle ne veut pas contrarier sa mère davantage, et surtout donner ce plaisir à Léon. Au début de l'été, elle aurait adoré qu'il la prenne en croupe, pour l'emmener n'importe où. Mais le charme est rompu, elle ne sait pas trop pourquoi. Parfois encore, elle le regarde avec les yeux de Scarlett, mais le plus souvent sa fibre féministe se tend comme un arc… Cette façon qu'il a de ne rien prendre au sérieux, d'afficher sa belle indifférence de mâle conquérant, de suggérer par ses moindres postures qu'il est sexuellement puissant. Aujourd'hui, elle le trouve même insupportable, avec sa conduite agressive et dangereuse. Heureusement, ils parviennent dans sa rue. Elle lui hurle de s'arrêter avant d'arriver devant chez elle. Il pile net, obligeant Lisa à l'étreindre davantage pour ne pas être éjectée de la moto. Du bout des lèvres, elle le remercie et lui dit à ce soir, puisqu'il vient à la fête avec Adèle. *Attends*, il l'attrape par le bras.

— Pars pas si vite. Je voulais te dire que je te trouve très jolie. Je me dis que tous les deux, on a raté un truc.

— Tu parles du collège ? C'était il y a mille ans. Et puis, t'es avec Adèle.

— Ben, on est pas obligés de lui dire, si ?

Il sourit en plissant un peu les yeux. Lisa regarde les gouttes de sueur qui coulent le long de son cou. Au début du mois, elle aurait pu dire oui, parce qu'il l'attirait, et un peu aussi par vengeance. Parce qu'Adèle lui avait fait un sale coup, en choisissant précisément Léon dans la liste de ses prétendants alors qu'elle avait toujours dit que c'était un con. En plus, Lisa lui avait raconté par le menu tous ses émois de collégienne, les baisers derrière le bâtiment des sciences, les espoirs et l'attente vaine quand Léon s'était finalement lassé d'elle. Tout d'un coup, ça la met en colère, ce petit jeu de séduction ridicule, ces tablettes de muscles qu'on exhibe comme un trophée. *Oh, tu sais, le collège… Ça date.* Elle prend l'air dégagé, hautain, de la peste qu'elle sait très bien jouer et qu'elle est sans doute un peu, parfois. Elle ajoute, perfide : *Tu devrais remettre ton casque, tu vas choper une insolation.* Elle récupère ses courses dans le top-case de la moto et marche, très droite, sous les rayons qui lui mettent le feu aux épaules.

IX

Le 24 août au soir

24 août, 21 heures. À cette heure-là, il y a vingt ans, Karine s'apprêtait à mettre son fils au monde. Après des heures de travail, on avait consenti à lui administrer une péridurale en début d'après-midi. Fabien s'était blotti contre son dos ; épuisés, ils avaient fait une sieste quand l'anesthésiant avait enfin soulagé la parturiente. Dans la soirée, peu avant la délivrance, la douleur était revenue, plus forte, insupportable. Karine, pourtant dure au mal, criait de douleur.

Il est 21 heures, et l'alcool commence à se faire entendre dans la voix des convives ; on parle fort, on rit tout aussi fort. C'est l'été, il fait chaud, alors on boit sans y penser. Fabien circule avec des bouteilles de punch qu'il sort au fur et à mesure d'une poubelle remplie de glaçons. Il n'en reste plus beaucoup. Bon, il va falloir lancer le barbecue. On attend encore le roi de la fête, Maxime, à qui ses copains ont organisé une surprise. Ils lui ont offert un saut en parachute qu'il a effectué dans l'arrière-pays en fin d'après-midi. Il ne va pas tarder maintenant, Fabien vient de l'appeler. Max a dit, *Je suis à la maison dans cinq minutes, là je suis sur le boulevard de Strasbourg.*

Le petit groupe des amis de Lisa est arrivé il y a peu. Ils ne sont que cinq, beaucoup sont en vacances, et de toute façon, Karine a demandé à sa fille de limiter leur nombre à cause de la modeste taille du jardin. Les jeunes se sont regroupés autour du punch. Lisa s'approche d'eux pour leur faire la bise : à Adèle d'abord et à Léon, comme si de rien n'était, puis à Victor, Thomas et Milena, trois copains de la bande avec lesquels elle a traîné tout l'été. Ils trinquent et boivent le cocktail bien frais qui risque de vite leur monter à la tête. Adèle précise à Lisa qu'elles se retrouveront chez elle le lendemain à 16 heures pour la marche des zombies ; Milena y participera pour la première fois. Elle est très excitée. *Tu vas voir, le défilé, un grand moment ! Et la soirée après, dément !* L'an dernier, Lisa a dû partir à minuit parce que sa mère lui avait fait toute une histoire. Cette année, elle peut rentrer quand elle veut. Elle s'attendait à devoir batailler, mais Karine a lâché l'affaire. Les garçons voudraient venir aussi mais ils ne veulent pas se déguiser, alors ils se feront refouler, c'est sûr. Adèle entraîne discrètement Lisa à l'écart du groupe pour lui parler en aparté : ça y est, elle en a marre de Léon. Elle en a fait le tour. Lisa se dit qu'il a dû le sentir et que c'est pour ça qu'il est est revenu vers elle, il assure ses arrières. *Même pour le sexe, il est tellement prévisible,* enchaîne Adèle, forte de sa petite expérience. Avec le sourire ironique qui lui retrousse le coin des lèvres quand elle va faire un bon mot, elle dit à Lisa : *Tu peux tenter si tu veux, c'est open bar. Et puis comme ça, tu finiras ce que tu as commencé au collège.* Elle rit franchement maintenant avant d'ajouter :

— J'ai un crush sur Victor et je crois bien que c'est réciproque. J'ai deux-trois trucs à récupérer chez Léon et après bye, bye. Fais pas cette tête, Lisa. C'est quoi le problème ?

— C'est quoi le problème ? T'es sérieuse ? Mais tu crois quoi ? Que je vais ramasser tes restes ? Et en plus, je suis avec Jules.

C'est la première fois que Lisa le formule clairement, elle en est elle-même étonnée. Depuis qu'il est parti en vacances, le matin quand elle se réveille, son premier geste est de regarder son téléphone pour voir s'il lui a envoyé un message. Jusqu'à présent, elle voulait croire qu'elle n'en avait rien à faire, que c'était juste pour l'été, mais elle doit se rendre à l'évidence : elle est en train de tomber amoureuse.

— Ah ouais, c'est sérieux alors ? En vrai, ça m'étonne pas que tu préfères les intellos. Il te récite du Baudelaire pendant que vous…

— Tu sais quoi Adèle, t'es vraiment trop conne !

— Mais…

Sans lui laisser le temps de répondre, Lisa s'éloigne et va parler avec Valentine, la fille de Ludivine. Elles passent une semaine au ski ensemble tous les ans mais elles n'ont pas dû échanger trois mots d'affilée au cours des dernières années. À part « passe-moi le sel » pendant le repas, ou « t'as fini ton assiette ? » au moment de débarrasser. Valentine n'a pas reconnu Lisa tout de suite. Peut-être parce que, pour une fois, elle n'est pas en noir. Depuis quelque temps, Lisa a troqué sa parure macabre contre des tenues plus colorées. Ce soir, elle porte une jupe en jean, un dos-nu vert amande et surtout un maquillage moins agressif. Et puis, ses cheveux ont retrouvé leur brun naturel. La jeune fille est surprise aussi que Lisa l'aborde amicalement pour lui demander si ses épreuves de français se sont bien passées, s'il n'y avait pas trop de monde sur l'île de Porquerolles où elle est allée la veille avec ses parents. Réservée, Valentine s'est jusque-là tenue à distance de la fille de Karine. À fleur de peau, renfrognée, toujours en noir, les cheveux teints dans d'improbables couleurs, Lisa a été la cible des critiques acerbes des parents de Valentine pendant le dernier voyage retour de la montagne. Axel, surtout, s'en donnait à cœur joie : *Si c'était ma fille, crois-moi, je lui apprendrais la politesse ! Elle n'a pas décroché un mot de tout le séjour et tu as vu ses vis et ses clous dans le nez et les sourcils. Une vraie quincaillerie… Et les cheveux bleus ! Moi, je lui arracherais tout ça et je lui raserais la tête ! J'ai honte pour Karine et Fabien.* Son père regardait Valentine dans le rétroviseur avec satisfaction comme si les cheveux lisses de la jeune fille, son visage sans aspérité ni artifice et son tempérament sans excès étaient les garants de leur réussite familiale. *Heureusement qu'ils ont Maxime,* concluait Ludivine. *Et heureusement que c'est lui notre filleul !*

Au moment où Valentine se demande justement où est Max, il sort d'une Mini bleue à toit ouvrant qui s'est garée devant le portail. Tout le monde acclame l'impétrant tandis qu'il entre dans le jardin accompagné de la propriétaire de la petite voiture. C'est une fille spectaculaire : grande, belle, perchée en plus sur des talons de dix centimètres et vêtue d'une robe crème décolletée jusqu'au bas du dos. Avant qu'arrive l'heure de sa naissance, Maxime a juste le temps de faire quelques mondanités avec les amis de ses parents, d'embrasser sa grand-mère et de remercier ses potes pour le saut en parachute.

À 22 heures, Fabien fait sauter le bouchon d'une bouteille de champagne. *Joyeux anniversaire, Maxime !* Tout le monde l'acclame et le félicite. Seule Karine, en retrait, le regarde sans gaieté.

X

Le 24 août au soir

C'est un garçon ! Heure de la naissance ? 22 heures précises. Après un effort ultime pour donner la vie, Karine abandonne son corps sur le lit. Elle gît les yeux fermés et le cerveau déconnecté, dans sa plus simple animalité. Pendant un moment, elle ne sait plus où elle est, elle se sent flottante, vidée et libérée d'un poids gigantesque. De très loin, elle reconnaît la voix de Fabien : *Karine, ma chérie, Karine. C'est un garçon.* Quand elle ouvre enfin les yeux, elle voit des cheveux tout collés, couverts d'une substance blanchâtre, un petit corps fripé qui gigote sur son ventre avec des bêlements de chevreau. Une phrase de *Madame Bovary*, qu'elle a dû lire dix fois, lui revient en mémoire : « C'est une chose étrange, pensait Emma, comme cette enfant est laide ! » Elle n'arrive pas encore à faire coïncider le nouveau-né avec l'enfant tant désiré. *Comment s'appelle-t-il ?* demande alors la puéricultrice. *Maxime, il s'appelle Maxime,* répond Karine après un temps. Mais au moment où elle prononce son prénom, c'est immédiat : elle est submergée par l'amour, un amour fou, irrationnel, qui lui étreint le ventre dans un dernier spasme ; un amour inconditionnel mais déjà inquiet : *Est-ce qu'il va bien ? Il n'a pas froid ? Il n'est pas un peu violet ?* MAXIME. En le nommant, Karine le reconnaît comme son fils et elle ne sait plus alors si le grand bouleversement de la maternité rime avec plénitude ou vertige. On le lui prend déjà, on le pèse, on le mesure, on l'examine sous toutes les coutures avant de l'emmener pour son premier bain auquel elle ne pourra pas assister. Verdict : il est en parfaite santé. Il pèse 3,7 kilos et mesure 50 centimètres. On ramène le bébé propret, vêtu d'une grenouillère rouge, à sa mère.

— Vous souhaitez l'allaiter ?

Karine ne sait pas trop, elle regarde Fabien qui les couve, elle et l'enfant, d'un regard extatique ou perdu.

Elle prononce un oui timide et tout de suite, la main experte de la puéricultrice dirige la tête du nourrisson vers le sein maternel. Le petit ouvre la bouche, cherche le téton, le gobe et le perd à plusieurs reprises avant que Karine ne sente une succion puissante et efficace.

— 22 heures 30, fin de la première tétée. Je vous conseille de les noter, dans un premier temps.

Dociles, les jeunes parents acquiescent. Fabien sort de la valise le carnet prévu à cet usage que la sage-femme leur a conseillé de se procurer pendant les séances de préparation à l'accouchement.

22 heures 30. Maxime lève son verre de champagne, remercie à nouveau les amis pour le saut en parachute, et

tous les invités qui ont participé au financement du futur séjour au Costa Rica qu'on vient de lui offrir : quinze jours de surf en plein hiver dans un endroit paradisiaque ! Le roi du pétrole ! Il renverse la tête en arrière, ouvre la bouche et vide, d'un trait, le contenu de sa flûte.

Maxime va de groupe en groupe et présente la belle Rebecca à tout le monde. Alors que la jeune fille se dirige vers le buffet, il détaille son pedigree à Ludivine qui veut tout savoir de la sublime nouvelle copine de Max. C'est la fille d'un gynécologue, elle a une super villa sur la corniche, elle a réussi le concours d'entrée à l'EDHEC Lille. Il dit à sa marraine qu'ils pourront se voir presque tous les week-ends : *Ça va, le Nord, ce n'est pas trop loin de Paris.* Ludivine est impressionnée par tant de réussite. Alors que Maxime part rejoindre ses amis sur la terrasse transformée en piste de danse, elle s'assoit à côté de Karine qui vient enfin, après avoir débarrassé, de se poser sur l'une des tables installées dans le jardin, un peu à l'écart.

— Comme tu dois être fière de ton fils ! Et j'ai l'impression que Lisa est un peu plus…

Le mot qui lui vient est « civilisée » mais elle a peur de blesser son amie.

— Un peu plus calme, je veux dire… Et puis, ça lui va bien de s'habiller de manière moins… (elle pense « excentrique »). Pas toujours en noir.

Karine répond *oui, oui,* sans rien ajouter pour relancer la conversation. Elle regarde Maxime prendre la main de sa grand-mère pour la faire tourner. La vieille dame porte une robe rouge, voyante comme d'habitude. Un autre soir, Karine aurait commenté l'attitude et la tenue de sa mère mais elle est ailleurs depuis le début de la soirée. Ludivine le remarque. Normalement, quand les deux amies se retrouvent, elles n'arrêtent pas de parler. Pendant leurs dernières vacances au ski, elles ont passé des heures à bavarder dans la petite cuisine du chalet, une fois tout le monde couché. Karine avait fait part à Ludivine de ses espoirs pour Maxime, et de ses craintes aussi. Allait-il réussir l'une des grandes écoles qu'il visait ? Elle lui avait conseillé de revoir ses ambitions à la baisse pour ne pas être déçu en cas d'échec. Et s'il échouait, comment réagirait-il ? Karine ne parlait que de lui, Maxime, son fils adoré.

Après, on passait au chapitre des filles : Valentine, rien à dire. Elle était sérieuse, comme Ludivine et Karine, sa marraine, l'étaient à son âge. Un peu trop renfermée peut-être. Elle avait quelques amies mais sortait très peu et semblait se plaire davantage en compagnie de ses parents qu'avec les jeunes de son âge. Si seulement elle avait eu une sœur ou un frère…, regrettait Ludivine. Karine la coupait : *Ne crois pas ça. Regarde mes enfants, ils ne se sont jamais vraiment entendus. Avant, je ne savais pas trop pourquoi, mais maintenant, vu le caractère de Lisa, rien d'étonnant…* La litanie des doléances était lancée ; les manquements ou débordements de Lisa pouvaient occuper toute la conversation de fin de soirée.

Mais ce soir, Ludivine ne la reconnaît pas. Alors même que Karine devrait exulter, alors qu'elle devrait être fière de son fils, elle boit son rosé, les yeux dans le vide, comme si elle ne mesurait pas sa chance. À moins que… À moins qu'il ne se soit passé quelque chose avec Fabien. Ludivine le suit des yeux, il plaisante avec les invités, fidèle à lui-même, se ressert copieusement à manger et à boire. Et si ce n'était pas lui le problème ? Si c'était une maladie ? Finalement, elle se décide à poser la question :

— Karine, il y a quelque chose qui ne va pas ?

— C'est Maxime…

XI

Le 24 août au soir

— C'est Maxime…

Au moment même où ces mots m'échappent, je regrette de les avoir prononcés. Le cocktail anxiolytique-rosé a eu raison de ma vigilance. À l'intérieur, c'est la panique. Toutes mes cellules grises clignotent pour m'avertir d'un danger imminent. Je vais parler et je ne pourrai plus faire machine arrière. Je vais parler et Maxime sera coupable, coupable pour de bon. Que fera la jolie Rebecca quand elle saura qu'il l'aurait laissée crever au bord de la route si elle s'était trouvée au mauvais endroit, au mauvais moment ? Si elle savait, est-ce qu'elle aurait ce rire troublé alors que Maxime glisse une main sur ses reins nus ?

— Ne t'en fais pas, ma Karine, ça va aller. Je te comprends. Moi aussi, je redoute le moment où Valentine s'en ira. Quand Max m'a dit qu'il partait demain, je me suis mise à ta place. C'est certain, il va te manquer. Mais il a réussi Polytechnique, tu te rends compte ? C'est extraordinaire ! Ce n'est pas comme s'il était mort.

Je ne réponds rien et me retiens de dire la vérité. Je pense à Fabien, à Lisa. Est-ce que je peux leur faire ça ? Faire sauter la cervelle de la petite famille ?

Ludivine me propose d'aller danser et je la suis sur la piste. C'est étouffant sur la terrasse couverte, les corps dégagent de la chaleur et des odeurs de sueur mêlées à celles des déodorants. Fabien a mis « Marcia Baïla » parce qu'il sait que j'aime cette chanson, il me prend la main, me fait tourner, encore et encore, à m'en donner la nausée. Tout le monde connaît les paroles, je vois ma fille qui chante et danse en tenant ses mains en prière au-dessus de sa tête : « ... Ta bouche est immense quand tu souris, et quand tu ris, je ris aussi, tu aimes tellement la vie, quel est donc ce froid que l'on sent en toi ? » Maxime est au centre de la piste, il se frotte au dos nu de Rebecca, leurs deux belles bouches s'ouvrent en grand et ils reprennent en chœur : « Quel est donc ce froid que l'on sent en toi ? »

J'ai le tournis, je retire ma main moite de celle de Fabien. À ce moment, je croise le regard de mon fils, mon corps se crispe. Mes mains aux cuticules arrachées se ferment en poings serrés. Il me sourit mais je suis incapable de lui rendre son sourire.

J'ai trop bu, voilà, ça doit être ça. Je titube vers la cuisine pour aller me servir de l'eau, après en avoir vainement cherché sur les tables du jardin. Pendant que je bois mon verre, adossée à l'évier, Maxime entre dans la pièce. *Maman, il faut que je te parle.* Je fais un geste de la main pour lui dire que non, que je ne veux plus, plus maintenant, que c'est trop tard. Il élève la voix :

— Maman, s'il te plaît, je pars demain. Pourquoi tu me regardes avec cet air ? Je ne veux pas qu'on se quitte comme ça. C'était un « a-cci-dent » (il découpe les syllabes comme s'il voulait que ça me rentre bien dans le crâne). J'ai super merdé, c'est vrai, j'aurais dû appeler les secours. Mais j'étais saoul, j'avais peur, je ne savais plus ce que je faisais. J'ai cru que j'allais me réveiller, que c'était un putain de cauchemar. Je me disais, c'est pas possible, une fille, la nuit sur ce chemin. Ça cognait partout dans ma tête. Qu'est-ce qui lui a pris à cette fille ? Pourquoi elle était… ?

— Cette fille s'appelait Iris.

Maxime s'approche de moi, il me serre dans ses bras, *Je sais maman, moi aussi j'y pense, mais il faut arrêter de… Maman, s'il te plaît…* et c'est comme si j'étais prise dans un étau de glace.

XII

Le 24 août au soir

« Et quand tu ris, je ris aussi… » Lisa aurait aimé que Capucine soit là, que Capucine danse encore pour elle. Elle pense à la prochaine et dernière année de conservatoire qu'elles vont partager, à toutes ces filles en sueur et en rythme qui ondulent comme un seul corps. Les muscles récalcitrants que l'on chauffe, que l'on force et qui tout à coup cèdent et se délient.

Face à Adèle, Lisa danse et se sent bien. Elle est au milieu de la piste. Les années précédentes, après les salutations d'usage, elle avait eu hâte d'aller mater une série sur l'ordi mais ce soir, elle est restée. Elle a bu deux ou trois verres, pas plus, elle est détendue. Elle n'est pas certaine que la guerre soit finie. Pas sûre que les adultes cessent de la mettre en colère avec leurs remarques, leurs conseils soi-disant bienveillants et leurs règles à la con, mais ce soir, c'est un peu comme une trêve.

Tout en dansant, Lisa regarde sa mère avec une affection qui lui vient de loin, un amour immense qu'elle sent remonter soudain en elle. Elle la sent si fragile avec ses doigts rongés et son anticernes grossièrement étalé. Elle a envie de la serrer contre elle ; elle se demande si c'est le départ du fils prodige qui la met dans cet état. Elle espère qu'il n'y a rien de grave. Il faudra qu'elle lui parle, qu'elle lui dise qu'elle s'inquiète pour elle. Elle a aussi envie de lui dire qu'elle l'aime. Son père fait tourner Karine encore et encore. Il n'est pas très bon danseur et il secoue sa femme dans tous les sens. Lisa se surprend à chanter « … Ta bouche est immense quand tu souris, et quand tu ris, je ris aussi, tu aimes tellement la vie, quel est donc ce froid que l'on sent en toi ? » Karine lâche la main de son mari. « Quel est donc ce froid que l'on sent en toi ? » À ce moment-là, Lisa se fige sur la piste et change de visage.

Sa mère regarde Maxime. Et Lisa regarde sa mère qui regarde Maxime…

Dans les yeux de Karine, Lisa voit quelque chose de terrible. Si elle ne savait pas combien sa mère aime Maxime, elle pourrait croire y avoir lu de la haine.

XIII

Le 25 août

La fête s'est poursuivie jusqu'à l'aube. Fabien était ivre quand il m'a rejointe dans la chambre. Il s'est blotti contre moi, il avait l'alcool affectueux. Il m'embrassait dans le cou et mordillait ma nuque, pour jouer, en me reniflant, comme l'aurait fait un chiot. Il m'a dit qu'il était heureux. *C'est la première fois qu'on danse, tous les quatre, comme ça, avec les enfants. D'habitude, pendant notre fête de l'été, Lisa disparaît dans sa chambre avec Adèle. Là, non seulement elle est restée, mais en plus, elle a invité des copains et elle a dansé ! C'était un beau moment. Et tu te rends compte, Karine, notre fils... qui va être polytechnicien. Je me souviens... il y a vingt ans quand on l'a ramené de la maternité dans son petit couffin. On avait peur de ne pas savoir comment faire ; toi, tu pouvais rester des heures à le regarder dormir. Tu avais toujours peur qu'il arrête de respirer... Tu te souviens ? Ne prends pas cet air soucieux, ça va aller, ne t'inquiète pas. Ludivine m'a parlé tout à l'heure. Elle m'a dit comme c'était dur pour toi de le voir quitter la maison. Ça va aller, ma chérie... Pourquoi tu ne m'en as pas parlé ? Je me suis inquiété ! Je voyais bien que ça tournait pas rond. Le jour où tu as eu l'accrochage au supermarché, le mois dernier. C'est depuis ce moment-là que je te sens à côté de la plaque… Je me demandais si tu avais un problème de santé, au début. J'ai vu que tu te rongeais les doigts à nouveau, que tu maigrissais, que tu avais les yeux de plus en plus cernés. Puis, j'ai vraiment cru qu'il y avait quelqu'un d'autre. Parfois, je me demande encore si…*

Je l'ai à nouveau rassuré. Mais il était lancé ; il me répétait qu'il s'était fait des idées, *en même temps, tu peux me comprendre, je ne te reconnaissais plus, j'avais l'impression que tu me cachais un truc…* Et il m'a fait promettre encore : *Tu ne me caches rien de grave, hein ? Il n'y a personne, juré ?* Je n'arrivais pas à l'arrêter. La boucle reprenait : Maxime dans son couffin, Maxime, son « héritier », comme il le surnomme souvent, Max dont le départ est imminent… Maxime notre fierté, un fils étudiant à Polytechnique… Puis il revenait sur mon comportement anormal depuis plus d'un mois et ses craintes en désordre, une infidélité, une grave maladie, une dépression… Le départ de Maxime… Maxime, Maxime, Maxime… Toujours Maxime, notre roi. J'ai attendu que sa propre logorrhée le berce et l'endorme enfin, les lèvres serrées, prête à hurler s'il prononçait encore une fois le prénom de son fils.

Il est midi. Je suis en train de boire mon café dans la cuisine. Je n'ai pas le souvenir d'avoir dormi si tard depuis mon adolescence. Les rires de Rebecca et Maxime à l'étage m'annoncent leur réveil. Bruits étouffés, grincements légers de ressorts. Je me mets à frotter énergiquement les verres à pied qui n'ont pas trouvé de place dans le lave-vaisselle. J'entends des voix dans l'escalier. Mon fils et sa nouvelle conquête entrent dans la cuisine. Il m'embrasse en m'appelant « ma petite maman ». La fille rit bêtement. Elle soulève ses cheveux dans un mouvement bien étudié pour dégager son cou gracile. Il lui propose un café et des viennoiseries. Personne ne se demande comment elles sont arrivées là. Par magie ! On ne me dit pas merci. Mademoiselle préfère un thé. Maxime s'exécute et elle lui fait un sourire qu'il a l'air de trouver irrésistible puisqu'il se jette sur elle pour l'embrasser. Ils rient ; leur insouciance m'exaspère. Pire, la légèreté de mon fil me révolte. Je sors pour m'occuper. Je m'épuise à faire disparaître de ma terrasse et de mon jardin les outrages de la fête : des mégots dans mes massifs de fleurs ; des traces noirâtres et collantes sur les dalles que je dois frotter à quatre pattes malgré la chaleur du soleil au zénith. Les coussins des banquettes et des chaises sont constellés de taches diverses dont certaines ne disparaîtront jamais…

Rebecca vient me dire au revoir. Maxime lui propose de vérifier si elle n'a rien oublié dans sa chambre. Elle rit encore mais ne fléchit pas, elle est déjà en retard pour le repas de famille et puis, ils se voient à Lille le week-end prochain, il a promis de venir l'aider à emménager.

Ils s'embrassent devant le portillon. Un long baiser de cinéma.

Maxime est allé préparer sa valise pendant que je continuais à redresser la maison tout en combattant ma migraine à fortes doses d'antalgiques et à grands coups d'eau glacée. Fabien a fini par émerger lui aussi, avec « une gueule de bois de l'autre monde » qu'il va soigner en vidant des litres de Coca, affalé devant la télé. La maison est enfin ordonnée, comme si rien ne s'était passé. Je peux commencer le recyclage. *Arrête-toi un peu*, me dit mon mari, *je t'aiderai demain pour le tri* ; mais je ne peux pas m'arrêter, je ne veux pas. J'affronte la fournaise avec détermination. Les bouteilles de verre que je balance dans le container explosent comme dans un jeu de massacre. Une fois les poubelles jetées, je m'apprête à vider le lave-vaisselle quand Maxime entre dans la cuisine. Sa valise est dans l'entrée, il veut juste grignoter un petit quelque chose avant d'y aller. Je lui prépare un sandwich au jambon. La bouche pleine, il me fait signe qu'il se régale avec son pouce. Puis, sans transition, à peine sa dernière bouchée engloutie, il me parle à nouveau de l'accident. Il espère que ça va aller pour moi, que je vais réussir à surmonter cette épreuve et surtout que je vais redevenir comme avant avec lui. Il prétend que je le regarde comme un meurtrier : *Je n'ai pas tué Iris volontairement, c'était un accident.* J'ai envie de me boucher les oreilles, je ne veux plus l'entendre ni le voir. *Maman, la meilleure chose à faire, c'est de ne plus jamais en parler. Il faut oublier...* Je suis sur le point de lui hurler de se taire quand une créature repoussante pénètre dans la pièce. D'un coup, je comprends. Lisa, la parade des zombies, évidemment. Son costume est très réussi. Elle a crêpé certaines mèches de ses cheveux, en a rabattu d'autres devant ses yeux ; elle a enfilé un tee-shirt et un pantalon loqueteux qu'elle a dû tremper dans de l'eau boueuse et déchirer par endroits. Son visage est affreusement barbouillé, ses dents noircies. Elle a même poussé le souci du détail jusqu'à découper des morceaux de ses baskets pour laisser émerger des ongles de pieds trop longs et crasseux. Maxime éclate de rire : *Quand je te disais que tu n'avais rien à ajouter à ta tenue habituelle pour aller à ton défilé walking dead, j'avais tort ! Pour le moche, t'es vraiment douée !* Je m'attends à des représailles, mais Lisa ne répond rien. Elle ignore la remarque de son frère et me demande si je peux la déposer chez Adèle après avoir emmené Maxime à la gare.

Je m'engage dans la voie du dépose-minute et m'arrête pour le laisser descendre devant la gare. Il m'embrasse et me tient serrée contre lui. *Tu vas me manquer, mamounette !* Ça faisait des années qu'il ne m'avait plus appelée par ce surnom. Je sens mes yeux se remplir de larmes mais je ne sais plus si c'est d'épuisement, de chagrin ou de dégoût. Il se retourne vers sa sœur, *Prends bien soin de maman, Crapaud !* Je voudrais dire quelque chose mais j'ai la gorge trop serrée pour parler. Il descend de la voiture, prend sa valise et marche vers la gare. À plusieurs reprises, il se retourne pour m'envoyer des baisers soufflés, je parviens à peine à lui faire un petit signe. Lisa s'installe à l'avant. Pendant son transfert, elle recueille des regards horrifiés ou amusés des voyageurs qui marchent vers la gare. *Démarre, maman,* me dit-elle tandis que je fixe la porte vitrée par laquelle Maxime a disparu et que la file de voitures grandit derrière nous.

Je viens de me garer devant chez Adèle. Pendant le trajet, nous n'avons pas échangé un mot. Je suis sur le point de faire à Lisa, presque par réflexe, mes recommandations d'usage : ne pas trop boire, ne pas rentrer trop tard, toujours rester avec ses amis parce que dans les soirées, on peut se faire droguer à son insu… Mais avant que je puisse dérouler ma liste, elle se racle la gorge et lance : *Maman, je sais.* Je ne dis rien. Elle répète : *Je sais pour Iris.* Elle sort de son grand sac en tissu la chemise ensanglantée de Maxime. *Mais que…* Elle me coupe la parole, d'une voix altérée qu'elle essaie de maîtriser : *Je vous ai entendus vous disputer il y a quelques jours. Tu hurlais.* Elle a cru reconnaître le prénom d'Iris mais elle n'était pas sûre. Par moments, elle s'arrête comme si elle avait couru et devait reprendre son souffle. Tout à l'heure, avant d'entrer dans la cuisine, elle a surpris notre conversation. *Il n'y a pas que toi qui écoutes aux portes, maman.* Elle fait une pause un peu plus longue. Elle n'était pas sûre d'avoir bien compris, ou plutôt, elle ne voulait pas y croire. À ce moment-là, elle s'est rappelé m'avoir vue mettre quelque chose dans un bac en plastique dans le garage, hier matin. Quelque chose que je ne voulais pas qu'elle voie. *Et puis, un détail m'est revenu, je ne sais plus quand exactement. Le lendemain de la soirée au campus,*

Adèle m'avait dit avoir vu Maxime dans la salle, en train de commander au bar. Comme il avait dit ne pas y être allé, sur le coup j'ai cru qu'elle avait confondu. Mais ensuite, j'ai pensé à l'accident que tu disais avoir eu au supermarché. C'est là que j'ai compris qu'il y était et que tu savais. Tu l'as couvert. Sa voix tremble et faiblit comme la flamme d'une bougie sous un courant d'air. *J'ai pas eu de mal à trouver la chemise,* dit-elle dans un chuchotement. Nous regardons droit devant nous. L'asphalte fume et tremble sous le soleil. C'est comme si le goudron se craquelait. Je nous vois chuter, nous enfoncer dans un trou noir. Pendant quelques instants, je suis en apnée, la vue brouillée. Lisa aussi déglutit avec difficulté. Je m'oblige à avaler une goulée d'air brûlant. Je vois la chemise entre ses mains ; j'avance mon bras pour la saisir mais Lisa la serre plus fort. *Maman, si tu l'as gardée, c'est que tu voulais que quelqu'un la trouve, non ?* Puis elle reprend, d'une voix moins heurtée, plus dure soudain : *Je vais me changer chez Adèle et après j'irai, moi, au commissariat.* Et elle ajoute, *Avec la chemise, j'irai dire ce qui s'est passé.* Je me mets à trembler, secouée de spasmes, je ne sais pas si ma fille me libère ou me tue. Elle me fixe maintenant puis, sans prévenir, se penche vers moi et referme ses bras autour de mon corps en collant son nez dans mon cou. Je pense à l'incongruité de la situation pour quiconque regarderait la scène à travers la vitre de la voiture, comme sur un écran de cinéma : une femme de quarante-cinq ans, effarée, sur le point de recevoir la morsure du zombie, le baiser de la mort.

Nous transpirons l'une contre l'autre ; je ne peux plus réfléchir, je n'ai fait que ça depuis des semaines. Pour autant, est-ce que j'ai fait les bons choix ? La chemise de Maxime, j'aurais dû la brûler mais Lisa a raison, je ne l'ai pas détruite. En nage, nous finissons par nous éloigner l'une de l'autre. Dans les yeux de Lisa, il y a des larmes, mais aussi quelque chose de doux que je n'y avais plus vu depuis des années. Elle serre ma main entre les siennes et ne me quitte pas du regard. Elle attend que je dise quelque chose. C'est maintenant ou jamais.

Instant solennel où je mesure l'ampleur de ma requête. À voix basse, alors, je lui murmure : *Lisa, ne dis rien à personne, Lisa, je t'en supplie.*

Remerciements

Je remercie Chloé Deschamps, pour ses conseils, sa dentelle et son enthousiasme.

Je remercie mes ami·e·s qui ont subi avec patience la présence un peu envahissante des personnages de mon roman.

Et merci à toi, Cyrille qui, pendant de longs mois, a dû vivre avec eux au quotidien.

Chansons

Pages 48 : « La Solitude », Barbara (parolière et interprète), *Le Mal de vivre*, © 1965 Philips

Page 91 : « This is not a love song », Public Image Ltd, paroles de John Lydon, Keith Levene et Martin Atkins, *This Is What You Want... This Is What You Get* © 1984 Virgin Elektra/Asylum

Pages 222, 225, 226 : « Marcia Baïla », Rita Mitsouko, paroles de Frédéric Chichin et Catherine Ringer, *Rita Mitsouko*, © 1984 Virgin Records

Cet ouvrage a été imprimé
par CPI Brodard & Taupin
pour le compte des éditions Grasset
à La Flèche (Sarthe)
en avril 2023

Mise en pages
PCA 44400 Rezé

PAPIER À BASE DE FIBRES CERTIFIÉES

Grasset s'engage pour l'environnement en réduisant l'empreinte carbone de ses livres. Celle de cet exemplaire est de :
450 g éq. CO_2
Rendez-vous sur www.grasset-durable.fr

N° d'édition : 22817 – N° d'impression : 3052523
Dépôt légal : mai 2023
Imprimé en France